i**H**uman

成
为
更
好
的
人

书人陆离

姚峥华 著

GUANGXI NORMAL UNIVERSITY PRESS
广西师范大学出版社
· 桂林 ·

书人陆离

SHU REN LULI

出 品 人：刘春荣
责任编辑：陈美玲
助理编辑：田　晨
特约编辑：梁书晓
责任技编：郭　鹏
装帧设计：麦克茜

图书在版编目（CIP）数据

书人陆离 / 姚峥华著. —桂林：广西师范大学出版
社，2019.7
ISBN 978-7-5598-1836-2

Ⅰ．①书… Ⅱ．①姚… Ⅲ．①随笔－作品集－
中国－当代 Ⅳ．①I267.1

中国版本图书馆 CIP 数据核字（2019）第 103080 号

广西师范大学出版社出版发行

（广西桂林市五里店路 9 号　邮政编码：541004）
网址：http://www.bbtpress.com
出版人：张艺兵
全国新华书店经销
湖南省众鑫印务有限公司印刷
（长沙县榔梨镇保家村　邮政编码：410000）
开本：787 mm × 1 092 mm　1/32
印张：7.75　　　　　字数：124 千字
2019 年 7 月第 1 版　　2019 年 7 月第 1 次印刷
定价：45.00 元

序 一

黄子平

姚峥华"寻找"张辛欣。

张辛欣是谁？为什么要"寻找"她？张辛欣是二十世纪八十年代中国文坛的风云人物：她的小说《在同一地平线上》《我们这个年纪的梦》《疯狂的君子兰》等，曾引领二十世纪八十年代中国文学风潮；一九八五年，她单人骑车走读大运河，并以作家身份出镜主持《运河人》大型纪录片；她的首部非虚构文学作品《北京人——100个普通人的自述》是现代中国第一部大型口述实录作品，被译成十多种外文，在国内外产生广泛影响。她是大型演出"我们·你们"（一九八六年十二月二十八日）的总导演、剧作者和总策划，在首都体育馆和一万八千名读者在一起，这是当代中国第一次（也是目前为止最后一次）现场展现中国重量级作家群体和作品。九十年代"选择流落"异国之后，她并未停止写作，而是尝试专栏、影评、绘本、连续剧、回忆录等全方位创作，多部作品也在国内出版。

那么姚峥华的"寻找"是怎么回事？原来她寻找的是"失踪者"小说家张辛欣。她由此引发了她们非常有趣的反复讨论（经由互联网）：什么是小说？如今还有写小说的必要吗？小说这个创作形式，在二十一世纪究竟还有没有张力？有什么可能性？谁还在读小说？谁还会在小说这个"坑"里苦苦探索？小说是否走到了尽头？如果张辛欣从二十世纪八十年代写小说"写到底"会怎样？表面看来，这是在争辩一种文学体裁在二十一世纪的前景或命运，但你会发现，其实这只是一个切入点，姚峥华对"小说家张辛欣"的"寻找"，实在是她一往情深，对八十年代生机无限的中国文学的缅怀、追索、反思和——"加入"。

于是，姚峥华的写作，也就"接力了一个传统"，成为无情流逝的文学长河里的"一粒石子"。

姚峥华的阅读是介入式的——进入文本与作者深度对话。她读《记忆小屋》，想象一个患了渐冻症的哲人，如何靠记忆度过不能动弹的漫漫长夜。这本小书的尾声部分，托尼·朱特写道：瑞士的缪伦，一处位于雪朗峰半山、风景纯净的世外桃源，乘火车或缆车可以抵达，在那里可以俯瞰一片峡谷。二〇〇二年，托尼·朱特在一场癌症手术后曾带着家人重返，那时他的两个儿子分别是六岁和八岁。"这里是世上最快乐的地方。我们无法选择人生在何处启程，却可以选择于何处结尾。我知道我的选择：我要乘坐那辆小火车，无所谓终点，就这样一直坐下去。"结尾的这句话让译者何静芝潸然泪下，也令读者姚峥华潸然泪下。

读孙爱雪的《流浪的女儿》，她更是"哭得稀里哗啦"。"五保户"女儿孙爱雪在父亲去世三十年后，蘸着血和泪，写尽对父亲的思念。"我低微如草芥，而文字赋予生命以崇高。"姚峥华想起了自己的父亲，想起了自己欠已故的父亲"一本书"，一本应该开始写的回忆之书、思念之书。

她对于未曾谋面的作者都有如此共鸣，写到见过面、采访过或交往多年的书人，就更多了一分亲切。姚峥华带我们跟着陈丹燕，作都柏林之旅、塞尔维亚之旅，带着我们在松山茶室听戴大洪讲他的翻译之旅，带着我们一惊一乍地翻开那本"奢华的《宁文写意》"……这是立体的、逼真的、当下的阅读场景，令人难忘。

姚峥华爱读书。每写书评，又由书及人，并写"书人"。书人（依蒲松龄的说法应为"书癡"）有很多种：写书的人，读书的人，卖书的人，藏书的人，译书的人，还有，编书的人。有几种人较受关注，其中卓然有成者，每被誉为"家"：作家、小说家、书评家、藏书家、翻译家。他们的嘉言懿行，多有著述刊载。而编书的书癡，通常就比较低调，多数不为人知。近代以来，以"出版家"或"著名编辑"名世者，屈指可数。世人每以"为他人作嫁衣裳"俗套地赞美他们的"牺牲精神"，从而大大抹杀了他们的主体性存在。我认识的一位出版家，就曾对"作嫁"说大不以为然，其唯一的理由就是：子非余，不知余编书之乐，其乐无穷。且不论策划一本书或一套书时的愿景与雄心，亦不论发现一位新人作者时的兴奋和激动，编书之乐，就在那一步一步"将人类智慧实现为书籍"的时间进程之中。

姚峥华只眼独具，多年来为书人们作"文学特写"（依太史公的体例可称为"书癡列传"），对"编书的书癡"尤其不吝深情投入笔墨。钟叔河，这位被开除公职去拖板车的右派，在茶陵农场就跟好友朱正讨论"中国与世界文明同步的问题"，琢磨晚清第一代走出国门的人是怎么看世界的，这是煌煌一百册《走向世界丛书》三十多年编辑史的起点。"一出牢门，走向世界"，钟叔河卓具胆识，孜孜矻矻，成就了中国当代出版史"里程碑式"的工作。《周作人散文全集》的钩稽出版，更是非有胆识不能为之，经历了现当代政经风云的人，方能深味此中甘苦。而周作人的《儿童杂事诗》（丰子恺配图），钟叔河为之"笺释"，阐明其中的民俗学意义和思想意义，二十六年间由不同出版社出了五版，反复修订，遂"已臻不朽"，可以珍藏。

姚峥华的"书人系列"出到第六本了，真为她高兴。是为序。

二〇一八年八月七日

于北角

序 二

薛 冰

二〇一七年十月，读到姚峥华写书人书事的第五部文集《书人为伍》。这书名有着双关的趣味，既说明它属于"书人系列"的第五部，也仿佛是作者"入伍"书人的一个宣示。

与书为伍，与书人为伍，固是雅事，然殊非易事，对于女性而言尤其如此。虽然中国大张旗鼓地宣传男女平等，可是书人队中，女性数量仍大大低于男性，能持之久远的就更少。姚峥华话书记人，衡文论道，佳作迭出，每年一部新文集，如潮有信。此刻，《书人陆离》的文稿已在我的案头。

《书人陆离》共收十八篇文章，分为两辑，第一辑十五篇，第二辑三篇。第二辑三篇长文，都以钟叔河先生为主角，写《走向世界丛书》时隔三十六年终成完璧，写《儿童杂事诗笺释》历经二十六年始有定本，由新版《知堂谈吃》说到钟先生苦心经营数十年的"知堂文类编"。她为《走向世界丛书》写下的一长串排比句——"这是一位老出版家毕生为之努力的精神硕果，是一项跨世纪的学术编辑工程，是一套来自东方的中国知识分子'向西方国家寻求真理的实录'，是一段中西文化碰撞的学术史、思想史、文化史、交流史，是一剂帮助国人'打开门窗而又防止伤风感冒'的药散，是一份富有思想性、科学性和创造性的古籍范典，是一个几代人手牵手共同努力的出版传奇……"——表达了对钟先生的无尚崇敬。而"能让钟老活到八十六七的耄耋之年还念兹在兹的人，当数知堂老人"，又分明呈现着一种文化的传承。

仿佛与《走向世界丛书》相呼应，第一辑中有六七篇文章涉及西方文化，当然姚峥华描绘的重点在于译者与作者。"一直在潜意识里寻找一种俭约、凝炼、相对朴素却不乏优雅的美"的袁筱一，"任性地让时间站在自己的一边，不疾不徐"的戴大洪，被帕维奇"这个名字瞬间点亮"内心世界的曹元勇，"写哪个国便代言了哪个国"的陈丹燕……他们鲜活地站在我们面前，我们已然能想见他们作品的风格。

有两篇文章写到一九八六年的那一场文学晚会："黑底红字的海报，背景虚化的剧照，上下对角赫然印着手写体的'我们·你们'和'WE AND YOU'，底下印着'文学之夜·北京·86'，颇有视觉冲击力。主办方为中华文学基金会、《中国青年报》、《工人日报》、《文艺报》、《体育报》。""有人说，一九八六年承接了'五四'运动启蒙精神的衣钵，把时代推向了一个新启蒙的历史时期……"她与张辛欣"在两个点上飞驰，谁，也说服不了谁"的精神交流，"完全可能自始至终充满着误会"，却为人们找寻"失踪"至今的小说家张辛欣，找寻"失落"的"批判和反思的年代"，提供了最真切的线索。

可以视为异数的，还有一篇《"父亲"二字如此响亮》。在她以往的作品中，我们或可从描绘他人的字里行间，隐约看到姚峥华的身影，而在这里，她坦然道出了自己的成长经历。她带泪阅读孙爱雪《流浪的女儿》，这本书激起了她"深切的共鸣与理解"，"我欠父亲一本书，一本大书"的负疚令她迫不及待地写下这些情深意浓的文字。然而，她敏锐地设问：人在释放自己"恨"的同时，能否做到真正放下？这也显示出茅海建所说的"旨趣差别"。

一如既往，姚峥华如数家珍，将文坛种种新旧掌故剖析给我们看，抽丝剥茧，举重若轻。不免有人会美慕姚峥华的得天独厚。说怪也不怪，她长期在深圳主持一家报纸的"阅读周刊"版面，诸多文人学者自然就都让她碰到了。

机遇固然重要。然而，并不是每个人都能写好他碰到的人，更不要说成为这些人的知心朋友。姚峥华曾写到詹宏志，"每天被派到某一个作家家里拿稿子，一年之后台北文坛所有最伟大的名字都认得"。无独有偶，扬之水"也是城东城西如此跑腿，与众多老先生因此结缘并修为获益，后来自成一家"。无论台北还是北京，有此类"跑腿"机会的人，绝不止这两位，但把握机遇如这两位的，又有几人？可见面对机遇能否获益，还是取决于个人的修为。

作为一个记者，一个采访者，首先必须具备与被采访者对话的能力。记者没有不会说话的，但面对专业学养不同、性格心态各异的人物，如何让对方打开心扉，畅所欲言，如何理解并捕捉他们的事业亮点、思想辉光，所需要的就不仅是技巧与情商，更是学养底蕴。有些记者无论采访谁，写出的都是八卦，因为他们的皮囊里只有八卦。

写作者的心态同样重要。有的写手，面对名家前辈，习惯性地取一种仰视角度，乐于展示"赵太爷今天和我说话了"的荣幸。有的写手，遇仙杀仙，遇佛杀佛，似乎一定要蛮横地踩到别人的肩上去，显出自己的高明。有的写手专门隐身暗处，窥察名人的鞋底下是不是粘着臭狗屎，以示自己独具只眼。有的写手对人家的文章学识尚在懵懵中，就忙着大开忠义堂，令"天下英雄皆入我彀中"。

姚峥华与她所写的名家比肩而立，推心置腹。正像俞晓群先生所说："更喜欢她写亲朋好友的文章，禁忌少，敢下笔；因为熟悉，不必看资料，故而行文流畅，言辞亲切。"她总像大哥大姐身边俏皮而心有灵犀的小妹妹。

新闻作品最常见的问题，是所写人物的平面化、脸谱化。姚峥华笔下的人物，常令人有"转侧看花花不定"之感。花本是立体多面的，只有相应变换观察与刻画的角度，才能写出花的多面，写好花的多面。变换的流转自然，是一种风格；活泼跳荡，是另一种风格，更生动的风格。说起来轻巧，实则这与观察和思辨的能力相关，离不了悟性，也少不了磨砺。同时，度的把握也十分重要。王祯和拒写张爱玲台湾游记，让姚峥华想到："无法说，作品之外的人情世故不可行文成章。这另一种'人情之美'也是包括我在内的很多人愿意关注的，花边闲言、野史趣闻、道听途说，也是了解作家及作品的佐证或资料，关键是，何为切入点，真实程度的把握，有没有该恪守的底线、分寸和原则……在很多人'我知道'的当下写作氛围中，尽可能做到'坐相'雅一点、'吃相'好一点，会更赏心悦目些吧。"

姚峥华曾分析朱天心的文字，"里边有一个强烈的'我'存在，这个'我'有强烈的'态度'存在，这个'态度'有强烈的'标准'存在，而这个'标准'又有强烈的个人'色彩'存在"，连用四个"强烈"，显示出一种"强烈"的喜爱。她强调朱天心的"不写的自由"："不须为读者为市场写，不须为出版社写，不须为评论者和文学奖而写，以至可以诚实地自由地面对自身时有的困境……"这都体现了一个成熟作家的自觉。

或许，这便是姚峥华能翩翩于书人队中的诀窍吧。

目　录

辑　一

第一部分

白纸黑字里看杨绛张爱玲互评 / 4

从王祯和拒写张爱玲台湾游记想到 / 13

谢黄"误会"其实与《我所知道的"黄裳和止庵"》

无关 / 21

《记忆小屋》里那个美好的下午 / 34

历史老车碾压过的圈圈年轮 / 47

奢华的《宁文写意》/ 53

"父亲"二字如此响亮 / 59

接力着一个传统 / 74

第二部分

寻找"失踪者"小说家张辛欣 / 86

兄及弟矣，式相好矣 / 101

让时间站在自己一边，不疾不徐 / 110

有阳光的下午，闲闲地喝点酒吧 / 120

男士挑战帕维奇的人 / 130

"看不见"的"客人" / 139

"网红"瑜老板 / 151

辑　二

《走向世界丛书》的前世今生 / 161

《儿童杂事诗笺释》，二十六年一部历史 / 189

野记偏多言外意——由二〇一七年版《知堂谈吃》
　　说开去 / 212

后记 / 227

辑

一

第一部分

白纸黑字里看杨绛张爱玲互评

　　杨绛生于一九一一年，二〇一六年去世，享年一百零五岁。张爱玲生于一九二〇年，一九九五年去世，享年七十五岁。对比起来，杨绛比张爱玲长九岁，却多活了近三十年的光景。

　　同时代的两位杰出女子，有着不同的成长环境、教育背景、人生经历、性格特征，又皆学贯中西，博闻强记，涉猎面广，聪明绝顶，在文学史上的成就和地位不容忽视。更为有趣的是，两人都享有"不近人情"的坊间"美誉"，时刻与尘世保持距离，洁身自好。

　　把她俩放一起，不管是杨绛还是张爱玲，估计谁都不愿意。

　　这里却不得不把二人相提并论，只因台湾《联合文学》前总编辑丘彦明的《人情之美》中有这么一句话：

　　（给张爱玲）寄去《干校六记》一书，她看了在信中写下："新近的杨绛'六记'真好，那么冲淡幽默，而有昏蒙怪异的别有天地非人间之感。"

这是我第一次看到张爱玲对杨绛作品的评价，震动颇大。

杨绛的《干校六记》一九八一年五月先在香港出版，同年七月在北京出版，记叙的是一九七〇年七月至一九七二年三月她被迫下放到"五七"干校劳动改造的一段生活。丘彦明与张爱玲因编者与作者的关系，于一九七九年至一九八七年之间通信达四十五次之多。推算起来，有可能《干校六记》在香港甫一出版，丘彦明便寄给张爱玲，张以作者的身份，本着对编辑有信必回的原则，于是有了上边一段。

之所以震动，是二〇一六年杨绛去世后，作为其挚友的老出版家钟叔河先生应《湖南日报》之约，拿出杨绛生前写予的两封信，由王平先生代写文章交代缘由（题为《用生命之火取暖——杨绛致钟叔河信两封》），于报纸上刊登，以表怀念之情。在其中一封里，杨绛谈及张爱玲，这里摘录部分：

前天刘绪源赠我一本《翻书偶记》，序文是你的大笔，忙翻开细读，我觉得你们都过高看待张爱玲了，我对她有偏见，我的外甥女和张同是圣玛利女校学生，我的外甥女说张爱玲死要出风头，故意奇装异服，想吸引人，但她相貌很难看，一脸"花生米"（青春豆也），同学都看不起她。我说句平心话，她的文笔不错。但意境卑下。她笔下的女人，都是性饥渴者，你生活的时期和我不同，你未经日寇侵华的日子，在我，汉奸是敌人，对汉奸概不宽容。"大东亚共荣圈"中人，我们都看不入眼。夏至（志）清很看中张爱玲，但是他后来对钱锺书说，在美初见张爱玲，吓了一跳，她举止不自然，貌又可怕。现在捧她的人，把她美化得和她心目中的自己一样美了（从照片可证）。我没有见过她。她的朋友苏青却来找过我。苏青很老实，她要我把她的《结婚十年》编成剧本。

信写于二〇一〇年一月二十日。关于此信刊登所掀起的波澜，则是后话。

此时距张爱玲写那封信给丘彦明已过去约三十年。

坊间一直对杨绛张爱玲的互评有一些描绘，但往往旋即被否认，无从查证。有记载的只是一些相关人士讲述的零星印迹。一九七九年钱锺书访美，回答台湾作家水晶的提问时，曾夸过张爱玲。二十世纪九十年代安迪（作家陆灏的笔名）到钱北京的寓所重问此事，钱说那不过是应酬而已，因为那人（指水晶）是捧张爱玲的。据说当时杨绛曾在一旁补充，"劝他不要乱说自豪感，以免被别人作为引证"，钱锺书说无所谓。水晶后来出版的作品《夜访张爱玲》提到："我又说《围城》当然写得很好，可惜太过'俊俏'了，用英文说，就是'too cute'，看第二遍时，便不喜欢了。她（张爱玲）听到这里，又笑了起来。"水晶据此推断"看来她同意我的看法"。

一九八一年五月二十二日宋淇致函钱锺书时，直接提到张爱玲："读《红楼梦》者必须是解人，余英时其一，张爱玲其一，杨绛其一，俞平伯有时不免困于俗见，可算半个，其余都是杂学，外学。"钱锺书回信对此事未置一词。宋淇曾有信给张爱玲，提及钱锺书"表面上词锋犀利，内心颇工算计，颇知自保之道"。因钱锺书和张爱玲皆由宋淇推荐给夏志清，宋自有其伯乐之功，他信里的观感可供参照。

宋淇儿子宋以朗著的《宋家客厅：从钱锺书到张爱玲》里也有这么一段："究竟钱锺书和杨绛是否真如网

络传闻中那么瞧不起张爱玲呢？你不可能在父亲和他们的通信中找到真凭实据，充其量也不过是一些蛛丝马迹而已。但我家中有一本书，大概很少有人知道，那本书叫《浪漫都市物语：上海、香港'40s》，1991年出版，是一部日文的现代中国文学选集，而合著者正是张爱玲和杨绛两人。杨绛当年一定是同意这安排的。"宋以朗的分析和论断未必准确，不经作者本人授权随意选编合集的做法还少吗？当事人杨绛或张爱玲都未必知道此事或见过此书。

张爱玲一直给人高冷的感觉，不愿见人，谢绝活动，正如她写给丘彦明的信里说："我此间的地址只用作通信处，从来不找人来，亲友一概没有例外——也不能出来赴约，实在缺少时间，因为健康不好，好的时候就特别忙迫……"言辞入情入理，让人唯有同情之理解。

杨绛更是一味深居简出，尤其晚年失女丧夫之后以一耄耋老妪之笔写下《我们仨》，令人唏嘘动容。她坚辞各种桂冠头衔，谢绝各种邀约集会，警惕各种以拜访为由实欲得私利、赚私名的举止行为，甚至为捍卫亲人的隐私名誉不惜年过期颐仍挺身而出。

那么，张爱玲对《干校六记》的评价，杨绛知道吗？不得而知。

从为人处世上看，杨绛和张爱玲确有相似之处，只是，双方眼里的对方却大不相同。

我不免以"小人之心"，在这里揣测一番，做了几种假想——

第一，通信对象。张爱玲面对的是杂志编辑，尽管她和丘彦明有着八年的稿约合作，终究关系也只是作者与编辑的"君子之交"。甚至丘彦明的同事苏伟贞，自一九八五年进入《联合晚报》始，至一九九五年张爱玲去世终，长达十年的时间里给张爱玲写了无数信件，却只收到回信十二封，并未约到一篇稿子。所以，张爱玲客气地以"真好"作答，这份评价是完全发自内心，或是囿于情面、出于自保，不好说。

杨绛面对的是钟叔河，一位与钱锺书、杨绛一家交往长达三十年的老友人，她彻底敞开心扉，不设防地思无不言，言无不尽。信中的意见完全是杨绛心底想说的。只不过，杨绛写信的时候，没想到日后信件会被公布出去。对于信件的公开，钟叔河先生有自己的一番见解，他认为信件是钱杨二人文品及人品的一部分，具有珍贵的文献价值和史料价值，应为读者及研究者所明悉。

第二，阅读审美。在国内文坛已享盛名的张爱玲于一九五二年向香港大学申请复学获得批准，持港大证明出境，以翻译和创作为生，后移居美国，深居简出，但她对世界文学，包括大陆文坛动向了然于胸。台湾作家王祯和曾陪她于一九六一年十月游览台湾花莲，途中聊天，张爱玲"从丁玲说起，说到大陆小说，她说在大陆都是按一种模式来写作，不会有好东西的"（见丘彦明《人情之美》）。那是张爱玲人生中唯一的一次去到台湾。当然，二十年后她再看杨绛的《干校六记》，有可能修正了自己的看法。以她特立独行的性格、惜字如金的表达，故意应景或是敷衍，似乎有违她的处世原则。

张爱玲在二十世纪四十年代凭小说《沉香屑·第一炉香》一炮打响，之后一发而不可收，《沉香屑·第二炉香》《茉莉香片》《心经》《倾城之恋》等小说、散文相继惊艳亮相。同样活跃于文坛的杨绛对此不会没有自己的想法，在那个水深火热的年代，她于是有"你生活的时期和我不同，你未经日寇侵华的日子，在我，汉奸是敌人，对汉奸概不宽容"之感慨。

第三，年龄差距。尽管她俩相差九岁，同属一个时代，但杨绛说她外甥女和张爱玲同是圣玛利女校学生。在杨绛眼里她明显不愿与张爱玲平起平坐，甚至有意把她和自己看成两代人。因此提及张爱玲，杨绛毫不掩饰对晚辈严苛的看法："我对她有偏见，……故意奇装异服，想吸引人……"

第四，礼尚往来。钱锺书访美是一九七九年，他对张爱玲的"超级粉丝"水晶说："She is very good，她非常非常好。"这话之后有可能传到了同在美国的张爱玲耳朵里。故张爱玲在看到丘彦明寄去的《干校六记》后，便还给钱锺书一个人情，在回信中夸道"真好"。张爱玲后来一直隐居，不与外界联络，直至一九九五年去世，病逝一周之后才被房东发现。钱锺书一九九二年十一月十八日在北京寓所与上门拜访的安迪闲聊，谈及张爱玲时并无好感，杨绛在场。不过他们的谈话有个"约法三章"——不可报道。纪念钱锺书诞辰一百周年时，安迪还是写了文章《我与钱锺书先生的短暂交往》，尽管自嘲"如钱先生所说的日月下的爝火"，但还是透露了以上信息，留下可贵资料。

丘彦明写文章时已卸下《联合文学》总编辑的职务，准备前往欧洲进修，那一年是一九八九年。她断不知杨绛写予钟叔河的信（二〇一〇年），也无从知晓钱杨与张之间的真实关系，或许，这些也不在她所关心的范畴之内。

借由第三人的口，说出的话未必当真可信，就像钱锺书在一份校样旁批注："都似可删。借人之口，所言亦非诚心，徒扯篇幅。"

从现存的公开的信息上看（且不管背景如何）：张爱玲对杨绛《干校六记》的评价表明了她在这一部作品上对杨绛的欣赏和认同（对其他作品的评价未能见到）；杨绛给钟叔河的信则表明了她对张爱玲从人（一脸"花生米"）到文（意境卑下）的偏见。

这种互相的评价是白纸黑字在信里公开了的。

从王祯和拒写张爱玲台湾游记想到

一九六一年十月十三日，在美国驻台办事机构人员麦卡锡的安排下，张爱玲从美国飞往中国的台湾搜集创作素材（后有消息称她想采访被幽禁的张学良）。这是张爱玲一生中唯一的一次赴台，据称她之前也路过一次，但没有停留。

去之前，张爱玲看了一些台湾作家的作品，其中王祯和的《鬼·北风·人》让她颇感兴趣。

出生于一九四〇年的王祯和后成为台湾乡土文学的重要作家，他于一九七九年罹患鼻咽癌，十一年后去世，享年五十岁。在短暂的生涯中，他写出了《嫁妆一牛车》《寂寞红》《三春记》《人生歌王》《玫瑰玫瑰我爱你》等近二十部小说，几乎每一部都引起了不同程度的反响，受到普遍的赞誉。有评论家称他擅长写"下层劳动者、小商人、小职员的辛酸悲苦和挣扎呐喊，文字新颖细腻，句式奇特流畅"，是一位创作态度相当严谨的作家。

《鬼·北风·人》是他在台湾大学外文系一年级时写就的一篇短篇小说，发表在一九六一年二月的《现代文学》上，采用了意识流等现代主义创作手法，后来被翻译成英文发表。张爱玲来到台湾时，与同席吃饭的王祯和谈起了这篇小说："真喜欢你写的老房子，读的时候感觉就好像自己住在里边一样。"王祯和闻之感动。负责接待的麦卡锡安排王祯和陪同张爱玲赴花莲了解当地的风土人情，体验台湾少数民族的生活状态，王祯和欣然答应。

据说，邻居们见王家儿子带回一个时髦女性，都以为是他的女朋友。张爱玲当时已经四十一岁，比正在读大二的学生王祯和足足大了二十岁，可见当年张爱玲显得很年轻。王祯和陪张爱玲去了乡下很多地方，拜庙宇，看山地舞，闲暇时也谈一些作家和文学问题。

"我还记得她在我家，捧着木瓜，用小汤匙挖着吃，边看《现代文学》，那样子是那么悠闲自在。二十五年过去了，那姿态我居然记得那么清晰，就觉得她什么都好，什么都美。"张爱玲对当地妓女的情况很感兴趣，王祯和的舅舅便陪她去一家名为"大观园"的高等妓院游玩。"妓女对她比对嫖客有兴趣。"

二〇〇九年京华出版社出版了《爱恨倾城小团圆：

张爱玲的私人生活史》，作者清秋子介绍：

> 王家就在花莲县城的中山路，是一座地道的台式老宅，庭院深阔，颇有古风。张爱玲的住处，就安排在一楼一个带榻榻米的房间里。
>
> 王祯和的母亲知道张爱玲是看了《鬼·北风·人》而来，便把小说中提到的各式点心、小吃都做了出来，让爱玲一饱口福。

张爱玲在乡下边看边做笔记，她说台湾真富，到处都是可以做圣诞树的松树和扁柏，这在美国是要花钱买的。住在王家，张爱玲与王祯和母亲用日语交流，她话说得细声慢气。为表示谢意，她特地买了一支钢笔当礼物送给王祯和的四舅，又买了布料送给王祯和的母亲。舅舅因不写文章于是把笔转赠王祯和。离开前张爱玲收拾行李，遗漏了一双拖鞋，那双拖鞋便由王祯和母亲收下，整天在家里穿着来去。

离台后，张爱玲与王祯和一直通信往来。王祯和毕业后到航空公司服务，有免费机票赴波士顿，与张约好见面，终因迷路而错失机会。几年后王祯和再度赴美，张爱玲已搬至洛杉矶，这时她却不想见人了，理由是"相见不如怀念"。

后来与友人丘彦明忆起这段经历，谈及张爱玲对他的影响，王祯和说学到三样东西：一是讲普通话，一定要注意"f"和"h"的发音；二因"噱头"一词念错，提醒自己以后不懂的一定要查字典才能说出口；三是说话写作避免文艺腔。对于《鬼·北风·人》，张爱玲认为用鬼魂作结尾不大妥当，因为整篇小说是写实的。王祯和听取了意见，所以这篇小说在市面上有两个版本，一个删掉结尾，一个没有删除。

……

以上的复述片段，只言片语，道听途说，浅尝辄止，完全是参照各处信息拼凑还原而来。其中任何一个线头，都能够放大无数倍，东拉西扯，蔓延开去。尽管如此，这一段描述也可以达到一篇专栏文章的篇幅。

以张爱玲首次台湾行的轰动效应论，作为贴身陪同者的王祯和，完全有充足的第一手资料呈现和回放张爱玲的观光点滴、言行举止、衣食住行；作为小说家的王祯和，完全有细致入微的观察能力和下笔记录的写作能力，去年复一年地不断消化那一趟和张爱玲的观光之行、思想之旅。

然而，那趟行程之后王祯和并没有这么做，又过去二十五年，一九八六年，时任《联合文学》总编辑的丘彦明计划出版《张爱玲专卷》，约王祯和撰写文章，王踌躇不定，勉强答应。一九八七年一月丘彦明等米下锅时，却收到王的信，说元旦四天假都花在写"杂忆张爱玲"上，最后一刻还是将文章撕成碎片。

理由是，张爱玲是作家，不是明星，大家关心的是她的小说，不是她的起居注。

王祯和很无辜地向丘彦明交出白卷，并非"文德不佳"，而是因为，写作对象为"张爱玲也"。

"我写张爱玲，那种文章会像'少男少女'写的，我步入中年了，不好意思！觉得不宜写，便把稿纸都撕了。"

而单写她在花莲的游记，"我觉得此类文章价值较小，特别是研究价值小。我刚读了《联合文学》二十八期《关于沈从文专号的回响》，蔡源煌教授提到，朱光潜先生的两篇参考价值较小，如果评论部分再充实一点，可能更有意义。评论文章，除了要求批评的洞察力，也应力求周严。唯此，配合作家作品之精选一并刊出，更能够评估该作家之成就"。

"写张爱玲到花莲游玩观察，实在没什么意思。这样一位文坛重要人物，写对她的'惊鸿一瞥'，觉得很

17

俗套。何况那几天的旅游，也没什么特别的，引不起读者的兴趣，方·坏了她的形象，这样是不好的。"

……

说这些话时，王祯和四十六岁，正与鼻咽癌搏斗，写作初衷不改。

很多人对此类写作或宣传有着与王祯和一样的认知和理解。

二〇一五年，时任上海人民出版社总编辑的王为松的新书《文字的背影》出版，里边有几篇文章——《听元化先生说话的日子》《一生的美好的回忆》《王元化先生与出版工作》，写到与王元化先生的交往，谈及前辈与后辈、老师与弟子、编辑与作者的关系。其中说及有一次出版王元化先生的书后，王为松上门谈营销计划，认为可以把王元化、张可夫妇的爱情故事作为新闻点渲染宣传一下，以聚拢人气，让书大卖。王元化一听便生气："这个你不要跟我谈了，做书就老老实实做书，不要去动那些乱七八糟的脑筋，不要把肉麻当有趣……"王为松将此细节写进书里，有深深的自诫之意。

宋淇儿子宋以朗的《宋家客厅》出版后，坊间一时热议纷纷，有的甚至说想到书里找文人八卦，就看《宋家客厅》。然而，后记里宋以朗也老实地写道："我因为父母的关系，也见过张爱玲等名人，同样印象不深，所知有限。……若纯粹讲自己的个人印象，不要说写一本书，恐怕连写一百字也有困难。钱锺书的女儿来过我家，但这代表我认识钱锺书夫妇吗？"

二〇一七年年底，我获机会到中山大学当访问学者三个月，时不时与历史学家袁伟时老师亲密交流，从史实到观点到作品，中间免不了谈及家庭情况，袁老只是轻轻带过，然后话锋一转："关于辛亥革命，关于义和团……我在文章里都阐述得很清楚。"出门后我内心震动很大，关注一位知识分子，一位学者，更重要的是关注他的思想脉络、学术成果和精神追求，而非枝枝节节的生活点滴。所以，钱锺书生前聪明地料到："我已成为一块腐烂的肉，大小苍蝇都可以来下卵生蛆，也许是自然规律罢。"话糙理不糙。

王祯和拒绝写张爱玲花莲观光记。一九九〇年，王祯和去世。台湾《联合晚报》编辑苏伟贞马上给张爱玲写信告知了消息，希望能以此为由头约到一篇追念文章。张爱玲很快回了信，对王祯和的去世表示感伤，同时婉拒了约稿请求，因为"一时决写不出来，反正绝对赶不上与别的纪念他的文字同时刊出"。私底下，张爱玲给王祯和的母亲发去了一封吊唁信。

对青年王祯和而言，看到了张爱玲青春的一面，后未刻意见面，"不需要扰乱原先美好的印象"，他清醒又有福分。

无法说，作品之外的人情世故不可行文成章。这另一种"人情之美"也是包括我在内的很多人愿意关注的，花边闲言、野史趣闻、道听途说，也是了解作家及作品的佐证或资料，关键是，何为切入点，真实程度的把握，有没有该恪守的底线、分寸和原则……在很多人"我知道"的当下写作氛围中，尽可能做到"坐相"雅一点、"吃相"好一点，会更赏心悦目些吧。

谢黄"误会"其实与《我所知道的 "黄裳和止庵"》无关

时间是一个筛子，漏孔里的光影陆离斑驳，怪异无常。人的记忆更是百孔千疮。一点点资讯，加一点点认知，加一点点亲历，再加一点点联想，自以为可以把四下散落的"人文"珠子串连起来，拼成一角合理图案，殊不知，发现与真相总似近又远，不可捉摸。记忆差错也许不可怕，可怕的是，当时间源头错置了，后边的线索无一例外被打了结，再美丽的一幅编织物都只能是残次品——纹理乱了，必须拆了重织。

这样的事，我恰好亲历了。我曾在"冰川思想库"公众号发表过《见证止庵和黄裳之间一场尴尬的笔墨论战》一文，从韦力先生的新书《上书房行走》中一篇写止庵先生的文章《是字号也是堂号》出发，"跟他（止庵）交往中，最让我（韦力）尴尬的事情就是他跟黄裳的笔仗"，联想到笔仗中我约请谢其章老师撰文《我所知道的"黄裳和止庵"》(刊登于二〇一〇年三月七日我所编辑的《深圳晚报》"阅读周刊"版面)。因为韦力先生文中写的"某天我接到了黄裳的来信,信的内容是指责老谢在网上攻击他,而这个人又是我所举荐者,我在信中说过老谢如何崇拜他,而黄裳指责我说,我所推荐的人怎么可以反过来攻击他……",我得出结论:《我所知道的"黄裳和止庵"》便是黄提及谢"攻击说"的源头。

这像是一个推理,有版面可查实,有引文可佐证,事件之发生与后续,似乎衔接得天衣无缝。以致我在文章中检讨,二〇一〇年所做的这一选题,料想不到间接给韦力先生带来了"黄裳晚年对我(韦力)的气愤"。

帽子特别大顶,自己戴上后感觉到在这些大事件、大人物中,自己这个小不点竟意想不到地起到了"与时俱进"的作用,一时间恍惚了起来,颇感文章千古事,得失寸心知。

文章转给了止庵老师,他以惯有的冷静态度陈述,说谢其章"得罪"黄裳的是二〇〇六年几篇网上的言论,不是在我所编辑的报纸发表的那篇文章。

接着叙之,老谢手里还有二〇〇七年黄裳为此给他的信呢。

接着,老谢要的黄裳那本书是北京三联出的《珠还记幸（修订本）》（二〇〇六年四月）。

再接着……

一下子，感觉头上"大帽"忽地被挪开，历史烟云顿时缥缈莫测，心头瞬间无比凝重。如此一来，上面的推断便立不住脚，谢黄"误会"别有其由，黄止论战是另一场笔墨官司，二者没有任何关联。如真有一点点关系，则是前者的主角之一谢其章老师，在后者中接受我的邀约撰写了一篇观战记《我所知道的"黄裳和止庵"》。这篇文章是否又让黄裳先生不爽，不得而知。是故，韦力先生文中写到的黄裳指责他所推荐的人反过来攻击自己，指的是谢黄"误会"，而"跟他（止庵）交往中，最让我（韦力）尴尬的事情就是他跟黄裳的笔仗"则是黄止论战。我一厢情愿地把两件事混为一谈了。

于是，我赶紧跟"冰川思想库"负责人之一的魏英杰老师说，有新发现，需重新捋一遍。

一

恍惚中，我开始费力重溯源头，谢其章老师无疑是关键。那晚，我们在微信中连上了线，他提供了很多线头，脉络逐渐清晰——

其实黄裳与谢其章的"误会"源于两个帖子。

其一，二〇〇六年十二月十一日，黄裳发表文章《解密种种》，有人将此转至孔夫子旧书网上，谢其章老师遂以网名"之乎"于二〇〇七年一月十日在布衣书局论坛发了篇帖子《撼山易，撼黄裳难》：

> 黄裳上不上网我不知道，不上网也不妨碍知道一点外间的议论，鄙人获取这点议论却是来自孔网，当时即不以议论为然——实在是因为所议的水平太差。不成想，这么差的"议"，黄裳也不放过，一棍子抡将过来，发了一回高龄的怨毒，活该挨棒子的。

事实上谢老师的有感而发，矛头对的是韩石山。韩在《山西文学》上发表《黄裳先生，这样的藏品你也敢卖了？》，谢老师有不同看法，但碍于韩石山当年来北京点名要见他，算是熟人，所以春秋笔法，未点人名。

有意思的是，查找中我还发现胡洪侠也于二〇〇七年一月十日在"非日记"博客中发表的文章——《窃喜的颜色》中提到"今天在布衣书局'蠹鱼会'读到'之乎'的帖子，题为《撼山易，撼黄裳难》"，"窃喜"是因为拿到了一百本《珠还记幸》精装本中的一本。

其二，胡文辉于二〇〇七年二月一日在《南方周末》发表文章《梅郎少小是歌郎》，言：

> 论培养比女人更女人的男人，我们这些泥做的骨肉，哪及得上天生丽质的高丽种？我们惟有多捧红些像男人一样的女人了。

黄裳二〇〇七年二月十二日以《关于"梅郎"》回应：

> 为之吃了一惊。文章题目写得出色，恍如旧识，是久违了的只能在上世纪上海小报上才能见到的标题。

二〇〇七年五月四日"之乎"先生以《黄裳后出拳》为题，写道：

> 黄裳又出拳了（《关于"梅郎"》），一石三鸟，老而弥辣，他老，让人家先出拳，待对方懈了怠了，他老不紧不慢把主动弄了回来，先把柯灵夸成"大为佩服"，又将鄙文（《文化人结婚记》）轻斥成"见者惊异"，再把史料癖者置于"易实甫同党"。这

样的黄裳，漫说把人家送他的东西卖了，就是连党籍（他老是党员吗）卖了换洒草，也无碍，读了一"五一"的烂甜文章，夜半读黄裳新作，这口气儿顺了。

谢老师这两个帖子均字少信息量大，以老北京人特有的调侃方式行文。网络上各路人马云集，帖子内容很快就传到黄裳先生耳朵里，于是，有了韦力先生文中"某天我接到了黄裳的来信，信的内容是指责老谢在网上攻击他……"

谢其章老师对我说，得知此事后，早在二〇〇七年十月二十七日他便给黄裳先生写信作了解释，不过，担心写信解释不清楚，因为"告状在先，解释于后，效果总是打折扣的。再者，词不达意，反倒是越解释越糟"。他认为这件事的起因，有可能一是他在公开发表的文章里过多地提到黄裳先生二十世纪四十年代的笔名一事，二是在网络上的发帖和跟帖，一个《黄裳后出拳》，一个《撼山易，撼黄裳难》。

谢老师给黄裳先生的解释信发出后，黄老立即回复，他在信中称，"我也是网上听来的，此事就算了……先生为文波俏，易引误会，以后不要再提"，云云。

其实关于坊间所传的谢黄"误会"以及其中的是非

曲直，谢老师说他一直想写一篇《我与黄裳先生的一点"是非"》，只是这封黄老用毛笔写就的信，他一直没找出原件："也许太珍贵了，藏得我自己都找不到了，哈哈。"

谢其章在二〇一六年一月出版的《出书记》第一六八页至一六九页这么写道：

> 黄裳对我的误会，有黄裳的回信可作结论，已完全解释清楚。冯小刚说"群众里面有坏人！"某个小年轻利用黄裳不上网的信息不对称，来向黄裳传递网络上我说过的话，导致黄裳的不快。鲁迅说过"捣鬼有术，也有效，然也有限……"所谓有效，确实惹得黄老动怒问罪；所谓有限，我略书数言，黄老即称"先生为文波俏，易引误会"，顿刻消了气。

也就是说，到二〇〇七年年底，黄与谢的"误会"已作结论，和止庵著作《远书》，以及后来的黄裳与止庵一系列论战文章毫无关系。

二

止庵老师的《远书》出版于二〇〇七年十一月，写于丙戌年除夕之夜的题记有一段话："……就中偶有只言片语，或许能补所作文章之缺。不过果戈理出了《与友人书信选》，好挨一顿臭骂；大师何敢攀比，遭遇却恐相当。"这似乎是一个预言，因书而起的此后持续三四年的黄止论战成了印证，坐实了中国版果戈理"遭遇"。

黄止论战自二〇〇八年始，一直持续到二〇一一年，是为当时文坛轰动之事。

据止庵老师说，《远书》出版后，其中一封信提到黄裳"一是思想上往往很'左'，一是文字上常常抒情"。黄裳看后，二〇〇八年五月在《东方早报》发表《漫谈周作人的事》，针对止庵校订的《周作人自编文集》说了几句不客气的话："不料少加翻阅，错植颇多，嗒然意尽。非但时遇错字，如飞尘入目，为之不快；如遇需引用时，也不敢用为典据，遂高阁书丛，不再碰动。"

由此，论战大幕拉开——

二〇〇八年十一月十日止庵在《中华读书报》上发表了《"没有好久"之类》。

二〇〇九年七月黄裳发表《草根庙堂》一文，刊登于《东方早报》。

二〇一〇年一月十日黄裳继续在《东方早报》上发

表《谷林先生纪念兼论止庵》：

> 听说止庵不喜欢我的文字，以为抒情过甚。这只是传言，未见文字。这大约是"学者"的研究所得吧。……
>
> 最近十一月四日《中华读书报》有止庵《文情俱胜的随笔》一文，……这里就明显地表现出"学者"的偏爱来了。别人皆无而我独有的大段介绍、悬疑之意也是分明的。

二〇一〇年二月三日《南方周末》刊登止庵《"六言诗案"及其他》。

二〇一〇年二月二十八日《东方早报》，黄裳再写《关于止庵》，"读止庵近作《"六言诗案"及其他》，好像是回应我的《谷林先生纪念》"，"我发现止庵有深藏不露的一面；有多样论辩手段、技巧；有含而不露的杀机，这许多都是值得认识、了解并学习的。例如止庵给我作的鉴定是，上世纪四十年代，卷入全民汹涌的革命战争巨潮中，表现是'左'的，无可取；建国后，顽固的'左的局限'仍在，八十年代以还，写了不少东西，但'觉得只有两本好，即《清代版刻一隅》与《来燕榭书跋》'"。

二〇一〇年三月四日止庵的《谈丐辞》发表于《南方周末》。文中写道:

　　黄裳很有书的学问,但他只有光谈学问时才好,若是说别的则经常是代表集体说的,这时的他也就丧失了自己,我不大信服他的见识。这是评论,没有建议;评论是"我觉得是怎么着",建议则是"我希望你怎么着"。黄裳近作《关于止庵》,却臆想出"止庵没有说出来的对我的建议",继而推论我的意思是"最好是告别现实回归'隐士',才是洁身自好的上好方法",并断言"这一'好意'的指点之真正用心是异常险恶的,值得深深警惕",仍为丐辞。

　　……丐辞实质上是一种思想方法。以黄裳而言,从《胡适的六言诗》、《答客问》到这篇《关于止庵》,思想方法一以贯之。"后之视今,亦犹今之视昔。"

二〇一〇年三月七日我在自己所编辑的《深圳晚报》"阅读周刊"版面,约请谢其章老师撰写《我所知道的"黄裳和止庵"》。谢老师写道:

毕竟岁月不饶人，黄裳先生后几篇文章，锋芒犹存，然战法已乱；论战需要备课，急于声辩（最后一回合的写作时间尤为仓促），不免破绽迭出。纵观黄裳先生的论战史，对手大多是同辈年龄相差无几者，而此回碰上止庵先生偏偏小了四十岁，且正是能打之年。

二〇一〇年三月十四日黄裳在《东方早报》上发表文章《张佩纶的藏书》。

二〇一〇年四月八日止庵针对黄裳此文在《文汇报》刊登《张佩纶的遗产》。

二〇一一年四月十日黄裳在《东方早报》发表《时下的传奇——〈来燕榭文存续集〉后记》，再次提及二人交火："这两年与我时有文字纠缠的是'书评人'止庵。但实在又说不上'争论'。止庵曾明确声明过'不算争论吧？我不与人争论的，只是喜好不同而已'。"文末称："反正我又没有写'新儒林外史'的任务，那么就暂时到此为止罢。"

二〇一一年四月十四日止庵撰写《八道湾房产事》，在《南方都市报》刊登作为回应：

我前作《谈丐辞》已经言明："对他我哪有什么'没有说出来的建议'，说来其实是既缺兴趣，又没工夫。"不料此人仍旧一厢情愿，非要认定我对他还有所希望建议，真乃可笑可怜之至。关于这个话题，我所能说的仅此而已。

围观的吃瓜群众还意犹未尽，但主角已然厌倦，战火停歇。

至此，可以看出《我所知道的"黄裳和止庵"》只是黄止论战中的一篇文章，它比谢黄"误会"足足晚了四年。关于此篇，也有后续，谢老师的《出书记》里详细记载：

> 我是此役的亲历者，双方的文章都是第一时间得见于报纸，所以某报让写一篇"观战记"，我欣然动笔，题为《我所知道的黄裳与止庵》。刊出后，无一丝反响，倒是转载到网络上才引起一点儿骚动。……此文收进本书，最近忽然感觉出单行本的好处，即翻检甚为便利。最近有位大家旧事重提黄止之争，大家是黄裳的朋友也是止庵的朋友，但是他对两位笔仗的来龙去脉没有我清楚，所以陈述多有与时间

及事实不符的地方，好在时过境迁，黄裳先生也已过世，不符就不符吧，笔仗又不是真刀真枪的战争，或以游戏视之可也。我的意思是，大家在行文之前若看到我的这本小书，看到我按发表时间顺序排列的黄止论文，就根本不会把我这个局外人也扯进这场笔仗里。

谢老师落笔时当在二〇一六年之前，这段话放于此处依然管用。说实话，不管是谢黄"误会"还是黄止论战，个中缘由及细节，唯亲历者才具发言的资格和自由。外人如我，所见所知均是旁枝末节、管中窥豹、冰山一角。因《我所知道的"黄裳和止庵"》原是我约的稿并刊发出来，我也算是在黄止论战中有了些许的个人元素，但错置源头，造成我的后续文章与事实不符，必须更正，以止庵老师的话讲即"以今日之我与昨日之我战"，故重写此文，部分厘清时间线索和事实顺序，以达到正本清源和使自我内心平稳之目的。至于原委及真相，该由止庵和谢其章二位老师自己撰写，旁人实则无法也不必代劳。

文章千古事，岂能不慎乎？

《记忆小屋》里那个美好的下午

2017年4月25日，周二，雨一直下，换了一下思维，看了半天的《记忆小屋》，它是托尼·朱特作品中最易读的，也是他最后的著作。他作为一个行将与世界告别的人，在整本书中，从里到外并没有表现出作为一个物理人离世前的哀痛及悲伤。感谢朱特，在这样一个下午，让我漫游般地穿越了他所在的20世纪六七十年代，以至八九十年代，从伦敦到巴黎到纽约，从精英历史学家到普通人，从振聋发聩的论断到其言也善的临终寄语，我看到了很多。28元——书的定价，它也许只能在市面上买很少的东西，却让我获得了极大的精神营养。其实，在书本面前，每个人的起跑线是一样的，就看你，愿不愿意去打开它。

以上这一段，是我的日记，我在读完托尼·朱特的《记忆小屋》后写下的只言片语。

读这本书的六七个小时中，我时不时被手机上微信朋友圈的信息打断。看着引起持续讨论的满屏的"范雨素"，以及所形成的两派观点——连与之相似的红过了的余秀华也被拎出来参照。

互联网的热点总这么集中、瞬时、密布，滚雪球似的，吸引着各种注意力。当然，如果明天又冒出一个"李雨素"或"杨雨素"，"范雨素"便迅速沉底，不消几天便灰飞烟灭。大众阅读已极度娱乐化、膨胀化，来无影去无踪，光速飞行，水过无痕。一个朋友圈就是一个同温层，物以类聚，看到的都是相近似的，于是乎"天下大同"。至于传递的内容如何，包含的营养如何，给予的指向如何……无人关注也无需触及。互联网嘛。

此时，我恨不得冲出去喊一声，不要无谓争吵了，余下的时间哪怕看一眼这本体量不大的《记忆小屋》也行呵。

有人听吗？有吗？

此时，手上的《记忆小屋》更像一本"圣经"，于我无比珍贵。

一

面对互联网，一直觉得哪里不妥，却身不由己地被裹挟着前进。

说被动，其实也是自愿，没人拿着枪逼你。可是，当下你的生活已经完全依赖了手机，手机阅读、手机通话、手机付款、手机写作、手机导航、手机打车、手机购物、手机转账、手机观影……而当某一天手机忽然丢失，霎时间世界塌陷，周围一片黑暗，你几近失语，那种世界末日之感前所未有。

怎么办？

患上了神经退化性疾病的托尼·朱特，在生命的尽头，仍清醒地思索着互联网时代的语言表达。他认为旨在提供无限交流机会的互联网已变成了一方贫瘠之地，大家简短地说着"电报体"或是"短信体"，饭桌上各自埋头于手机的世界，围桌吃饭仅仅成了一个仪式。世界上最远的距离，已不是我在你面前，你无视我的存在，而是你我面对面，但你我的世界互不交叉。他忧心忡忡地指出，"这应引起我们的担忧"，文字一旦变得不完整，意思也必定会打折扣。正如我们已私有化了许多东西一样，倘若我们不肯遵从正统，而去偏从个人化表达，我们也就私有化了语言。"我们没有'新语'（奥威尔《1984》中杜撰的语言）迫害，却面临'无语'的危险。"可是当年奥威尔先生担心的是政治时代的被动禁言，数据时代的自我闭嘴，他完全不曾料到。

托尼·朱特比奥威尔先生活得久远，所以看到了未来，当他极希望的"存在变成思想，思想化作语言，语言融入交流"很快成为一件遥不可及的事时，无法进行交流的他，空前感到交流之于公共的重要性。"它不仅是我们赖以共同生活的方式，而且是共同生活的意义之一。今天所欠缺的，是对公共领域的良好维护。"他甚至呼吁，文字是我们拥有的一切，倘若文字衰败，我们将无以弥补。

如此，你还会在文章里、书里搬弄或援引"滚粗""蓝瘦，香菇""老司机""狗带"，甚至"床咚"这样紧跟潮流的互联网新词吗？

二

不过，互联网自有它的好处，比如它让世界互联在弹指一挥间实现。其中，教育是一个小小的缩略点。

身边朋友、办公室同事经常谈论的都是孩子的教育问题。虽然成绩优秀的孩子读的都是师资有保证的重点学校，但每周还是马不停蹄地奔忙于各种补习班。家长的口头禅是"不上不行啊"。

我是站着说话不腰疼，对家长们所承载的教育重任及孩子们的"世纪大业"，总冷眼观之，或冷语言之，可这就是目前的教育生态，不单深圳，世界皆然。

托尼·朱特于一九六六年升入英国剑桥大学的国王学院读本科，接着上了研究生班，并留校任教六年，一直到一九七八年才离开剑桥，前往美国伯克利大学。

在托尼·朱特的记忆中，每天晚饭，本科学生都要身穿学士袍，端坐于食堂椅子上，等老先生们到来，再全体起立，目送老先生们从身边经过。这完全是电影《哈利·波特》里的场景。夜色下，老先生们与他们身后墙上挂的正在褪色的人物肖像慢慢融合到一起，威严的力量让学生如托尼·朱特感到文化传承的重任。

国王学院是战后英国社会精英阶层的缩影。然而，如此传统、有影响力的教育模式，同样受到挑战。托尼·朱特在《记忆小屋》中讲述，四十年来，英国教育遭遇了一系列为打压精英、推行"平等"而实施的灾难性"改革"。为了一举摧毁以公费向他们这一代人提供一流教育的公立学校，政客们强制公立院校统一降低自己的标准。大学受到巨大压力，被迫招收低水平学生，于是选拔性私立学校纷纷崛起。如今，当英国政府要求百分之五十的高中生能升入大学时，私立学校与其他学校毕业生所受教育水平的差异达到了四十年代以来的最高点。

英国的教育当然远远走在我们前边。它的现状，也是我们的前车之鉴。托尼·朱特严厉指出，大学原本就是一个精英集团，它们的用途是选拔人群中最有能力的一批人，再通过教育提高他们各自的能力，机会均等和结果均等是两码事。社会不可能通过粉饰教育系统，通过否认能力的差异和限制机会的选择，来修正它的不平等。

这种情况在著名的法国巴黎高等师范学院也同样存在，托尼·朱特在一九七〇年留学于此。它曾是出产共和国精英的温床，一八五〇年至一九七〇年间，在人类文明方面有突出表现的法国男性，绝大部分都毕业于这个学校，巴斯德、萨特、爱弥尔·涂尔干、乔治·蓬皮杜、布鲁姆、罗曼·罗兰、马克·布洛赫、米歇尔·福柯……以及得过菲尔兹奖的一共八名数学家，全都毕业于高师。一九二四年进入高师的雷蒙·阿隆在《回忆录》中曾写道："我从来没有在一个这么小的地方看到过这么多知识分子。"

同样的话也是朱特想说的。他说，高师的学生最终都开启了学术或公共事务的生涯。

尽管如此，巴黎高师同样逃脱不了明日黄花的命运。

教育怎么了？是政令决策的问题，人口膨胀的问题，抑或经济衰败的问题？

而在二〇一七年的深圳，高三女孩夏雨菲以优异成绩被十二所世界顶级名校录取。她放弃了纽约大学阿布扎比分校提供的超过二百一十万元人民币的全额奖学金，而选择沃顿商学院。像她一样选择高中毕业后出国读本科的学生正海量增加，这种现象跟当年中国刚恢复高考时，众多学子希望挤进校门一改命运一样热门。原因无他，国外知名院校与国内学校毕业生所受教育水平的差异达到了一个高点。有成为"精英"的可能，为何不呢？至少，知识改变命运，如果你在意你的身份的话。

三

"'身份'是个危险的词。"这句话是托尼·朱特讲的。

其实应该说，"身份"是个敏感的词。

刷屏了微信朋友圈的范雨素，媒体问她："你觉得自己在这个社会中是一个什么身份的人？"她以"一个社会底层努力求生的弱者"作答，并举例有一回跟雇主去雇主的亲戚家里做客，吃饭时，对方拿出一双一次性筷子给她。她叹息道，那时候被狠狠刺痛了。

托尼·朱特的《铺床工》其实回答了身份、阶层及年代的问题。文章写的是学校里的铺床工与学生之间的关系。某天铺床工受到学生不礼貌的对待，觉得受冒犯了，而学生则不以为然。在学生看来，铺床工之所以会如此认为，是因为工资低了，只要多付铺床工些工资，她们就能对阶层差别的伤害和因地位丧失而引起的自尊心受创习以为常，或甘于忍受。托尼·朱特认为学生的做法忠实地反映了时代的气象。学生认为人际关系应该被简化为对自身利益的合理化计算，所以在这些学生看来，只要铺床工多挣两倍工资，她们就会对冒犯自己的行为视而不见。可是，社会的发展并不能把情与理完全物化。为此托尼·朱特认为，铺床工对人类交流的核心内涵有更深的把握，学生只是不自知地模仿了一种简单的资本主义的做法，注重生产单位的个人利益最大化，对群体、公约采取漠视的态度。而铺床工尽管识字不多，受教育不够，却本能地理解社会交往的实质，理解支撑它的不成文的种种规则，以及它赖以存在的人类的天赋道德。他甚至说，写《道德情操论》的亚当·斯密会为她们鼓掌，尽管她们不知道他是谁。

铺床工靠铺床拿工资，但她们是平等的人，需要得到礼遇，就像范雨素看到一次性筷子会心痛一样。这是一个群体的社会，它无法简单粗暴地、冷漠地把个体进行量化。

回到托尼·朱特本身，估计他这辈子也被"身份"搞得不胜其烦，尽管可以避之不谈或漠然置之。但到了人生终点，躺在黑夜病床上无法动弹的他，还是通过思维厘清学界或坊间的一些概念和疑义，亮明自己的态度和立场，力求将自己的注意力从病痛上转移走，化解负能量。

托尼·朱特出生于英国，祖籍当属北欧，修读欧洲史，到美国教书。他总结自己是一点也不"犹太"的犹太人，对英国的归属感似有似无，熟知法国历史，法语说得很好，却又不是这一圈子的。他对马克思主义文本和社会主义历史略知皮毛，故对二十世纪六十年代兴起的新左派狂潮有免疫力。任何标签都让他不舒服，他与法西斯主义、沙文主义、极端爱国主义、犹太复国主义等各种主义保持距离，更欣赏"边界"，而所谓的"世界主义"是一种生活状态，相比之下他更愿意接受。

很多人诟病托尼·朱特对自己犹太身份的模糊回避，在《托尼》这一篇章里他郑重地做出了回应。他写道，在今天的以色列，犹太人大屠杀成了官方昭示非犹太种族之残酷至极的御用事件，各种对该事件的祭奠，给游离于以色列之外的犹太人造成了两方面的影响，一是给对以色列的无条件热爱以正名，一是强化了辛酸的自我认识。这是对记忆的恶意滥用。"我感到自己对这样的过去负有未尽的责任，也正因此，我才是一个犹太人。"文章的结尾是，托尼·阿比盖尔（托尼父亲的堂姐）于一九四二年因犹太人的身份死于毒气室，"我的名字是按照她的取的"。

托尼·朱特曾说，对自己所爱的人，他写得十分坦率，有时甚至近于苛刻，而对泛泛之交，他保持着一种明智的沉默。在对"身份"的回答上，他似乎用尽了气力。

四

有一天当你被迫在全然的静止中连续仰卧，七小时，并想方设法将这种耶稣殉难式的苦痛变得可以忍受，不是忍受一晚，而是忍受余生的每一个夜晚的时候，你该如何做？托尼·朱特的对策是————先检视自己的生活、思维、幻想，直想到某件事、某个人或是某个故事将他困在身体里的思维引开为止，从而使他不受耳内或后腰某处瘙痒的侵扰，这人或事又不能过分有趣，以便能作为睡眠的前奏，助他进入梦乡。

他说，从夜里死里逃生的最好办法，就是把夜晚也当白天对待。

临近生命尾声，托尼·朱特在夜晚的"记忆小屋"里，一段段地描绘出吃、住、行等生命图像。应该说，托尼·朱特的家庭生活是顺当的，至少他从童年到青年，生活学业皆无忧。比如，在他小时候，出生于伦敦的母亲做的是白煮肉、白煮菜等英式菜肴，每周五他到祖父母家吃安息日晚餐，酥与脆、甜与咸提醒他作为犹太民族后人的传统，以至多年后回想起来，那一餐饭意味着家庭，意味着熟悉感，意味着滋味和根源。

父亲对沙拉、咖啡、红酒和奶酪有着好品位，对车也一样。一战前出生的托尼父亲对内燃机有着疯狂的热爱。托尼小时候，家里的车不断更换，奥斯汀 A40、AC Ace、潘哈德 DB、雪铁龙，当一家人从白色的、闪闪发光的雪铁龙 DS19 上下来，迎来小镇人家艳羡的眼光时，父亲极为受用，而托尼则恨不得钻到窨井里。他后来理解了父亲——不愉快的婚姻、难堪的职业，只有车的领域，赛车、聊车、修车，才是父亲的天地，他把车当成自己的伙伴和名片，以此在社会上获得认同和价值。

从父母辈到自身，托尼也遭遇了自己的中年危机。他的婚姻并不一帆风顺。还好，在离了两次婚之后，在学术研究的瓶颈期，他突发奇想自学起了捷克语。正是这一小语种一下子帮他打开了一扇大窗，在这里，他扭转了自己研讨的大方向，进入了一个前所未有的大世界，这才有了他后来写就的《战后欧洲史》。并且，他在此基础之上让自己发展成了一名全面的欧洲史学家，一名值得信赖的公共知识分子。

在研究过程中，托尼·朱特敏感地意识到权力和集权主义对整个知识界的诱惑，以及知识分子对"归属感"的需求，他借米沃什《被禁锢的头脑》中的"凯特曼"和"穆尔提丙药丸"，对政治同道者、盲信的思想主义者和随波逐流的犬儒主义者的心理进行全面深入的刻画，他甚至将《被禁锢的头脑》与库斯勒的《中午的黑暗》相比，认为前者更深刻，又不似雷蒙·阿隆的《知识分子的鸦片》逻辑艰深。对于谄媚知识分子，他指出其特点就是对自己思想的惧畏。

他选择了纽约作为最后的落脚点。原因说来显得可笑也可疑，因为《纽约书评》。他说它像城市本身，与地域、出生的关联是薄弱的。

说白了，这是淡化"身份"的说法。放到托尼·朱特身上，这个理由站得住脚。终其一生，他不想被归类于某一群体，进入某一主义，成为某一派别，甚至不想被贴上某种身份标签。他做到了他喜欢的——拥有边界。

一百七十页的书很快就来到了尾语部分。

只有一篇文章，题目是《魔山》，写的是瑞士的缪伦，一处位于雪朗峰半山、风景纯净的世外桃源，乘火车或缆车可以抵达，在那里可以俯瞰一片峡谷。二〇〇二年，托尼·朱特在一场癌症手术后曾带着家人重返，那时他的两个儿子分别是六岁和八岁。

"这里是世上最快乐的地方。我们无法选择人生在何处启程，却可以选择于何处结尾。我知道我的选择：我要乘坐那辆小火车，无所谓终点，就这样一直坐下去。"结尾的这句话让译者何静芝潸然泪下，也令读者如我潸然泪下。

写作的时间（或更准确地说，口述的时间）是二〇一〇年五月，托尼·朱特于二〇一〇年八月去世。

交代一句，何译本是我看过的托尼·朱特作品的所有译本中最打动我的，可能沾了《记忆小屋》的光。

这是一个美好的下午，尽管有点姗姗来迟。

历史老车碾压过的圈圈年轮

《斯通纳》一九六五年出版后，在美国艰难地卖了不到两千册，书商气极，此书几近停印。五十年后，它忽然一夜走红，横扫整个欧美大陆，全球众出版商争抢版权，《斯通纳》也登上很多好书榜，博得不俗的口碑。它的例子就像励志大片，鼓舞此起彼伏的失意作家期待三十年后咸鱼翻身。

评论家李敬泽的命运似乎比《斯通纳》的作者约翰·威廉斯要好一些，才时隔十六年，重出江湖的作品如大地春雷，平地一声响。各处喜极，皆奔走相告，好评连连，吉祥止止。拿到《青鸟故事集》毛边本时，我以为是一本新作，手持裁纸刀，小心翼翼地切页翻读，看至最后的《跋》，才知它的前身是《看来看去或秘密交流》（二〇〇〇年，中国青年出版社），此次转由译林出版社出版，增加了《抹香》《巨大的鸟和鱼》《印在水上、灰上、石头上》三篇文章。作者在文中说，差堪自喜的是，时隔十六年重读当时的故事，仍觉得是他现在想写的，也是现在能写出来的。

二〇一七年年初，止庵拿出他三十年前的作品结集出版了《喜剧作家》，则坦承，换作现在，他断是写不了当时写下的这些文章的。

《喜剧作家》是小说，《青鸟故事集》是散文？随笔？评论？抑或是小说？至今我还混沌着。与李敬泽相交二十多年的老友毕飞宇，真实地记录了这么一段：

> 记得我和费振钟召开了一个研讨会，就两个人。是关于文体的。抱歉得很，两个人的研讨至今都没有成果。——当一个人把考古、历史、哲学、美文和小说虚构糅合到一起的时候，这样的文本我们该如何去称呼人家呢？

当然，体裁不同，切入口不同，着力点不同，诉求不同，方向不同……貌似没有可比性。有人冠之以标签"作家中的考古者，评论家中的博物学者"，以体现这样的作者书中有着有机混搭的庞杂内容。

写香料，从沉水、龙涎到玫瑰。说龙涎香是抹香鲸肠里某种病态的分泌物，被取出凝结，状如灰色的琥珀，而此香"一豆香四野"，由此延绵至陆游《老学庵笔记》"袖中自持两小香球，车驰过，香烟如云，数里不绝，尘土皆香"；又说唐时有臣开口前嘴里必含沉香，"方其发谈，香气喷于席上"，而唐朝改朝换代，世事如白云苍狗，原来都经不得蔷薇水的一缸之香……李敬泽笔下，因了香，看的人便跟着登上扬帆南归的波斯舶，感受着印度洋上的海风，由马六甲西去，沿着一条香气之路，踽踽前行，因此连"做梦都阔大"起来了。

写鲲，从鲲鱼到鲸鱼，到鹏飞天下，到庄子记载"北冥有鱼，其名为鲲，鲲之大，不知其几千里也。化而为鸟，其名为鹏，鹏之背，不知其几千里也"，古远至《一千零一夜》的开罗，所向披靡，无所不入，龙腾虎跃一般，又与俺们头顶的浩瀚星空有着千丝万缕的关系。

由《枕草子》，笔及包拯、杨家将和潘仁美的宋朝之外还有一个宋朝。那是中国文明的正午，古代中国在此前此后都不曾像宋朝那样接近"现代"。相比之下，《枕草子》中同时的日本就更像唐朝，清简质朴，花上犹带朝露。因知堂老人说清少纳言"模仿唐朝李义山'杂纂'的写法"，便翻出李商隐《杂纂》看，"方知如此章法咱们'古已有之'，即如上引《不相配的东西》，在《杂纂》中就有《不相称》条：穷波斯，病医人，瘦人相扑，肥大新妇"。由此得出，现代的美学精神不是和谐、相配，而是不和谐、不相配，唯其才可使人们注视某种"东西"。

……

各种线头，拈起放下，像接龙，又散漫无边际，掌故、诗赋、引语、传说、趣闻、野史……中西对照，古今穿越，博杂得令人眼花缭乱，又犹如一节节动植物考证史，映射历史老车碾压过的圈圈年轮。"一部幻想性的作品。在幻想中，逝去的事情重新抽芽生长。"李敬泽如此解释，他为此感谢布罗代尔，一九九四年夏长江上所读的《十五至十八世纪的物质文明、经济和资本主义》把他带回十五世纪，令他豁然开朗。布罗代尔说，历史就在这无数的细节中暗自运行。李敬泽由此开始寻找历史中的"他们"——那些隐没在历史的背面和角落里的人、在重重阴影里的辩论的踪迹，倾听那些含混不清的声音……深受布罗代尔影响的大有人在，写出"地中海三部曲"（《1453：君士坦丁堡之战》《海洋帝国：地中海大决战》《财富之城：威尼斯海洋霸权》）的英国历史学家罗杰·克劳利为其启发，解开了地中海历史上，一直到工业革命前人们都只使用桨船而非帆船的谜团。

不知是毛边书需要边裁边读的缘故，还是书里行文过程中跳跃点太多，读此书确实需要一些史学的知识储备。简单的一只鸬鹚，典出自《太平御览》《浪淘沙·题陈汝朝百鹭画卷》《鄂多立克东游录》《掌故丛编》等一大堆后备资料库……前一页看到《旧中国杂记》，后一页便是《英使谒见乾隆纪实》《利玛窦中国札记》，甚至《天朝的崩溃》，大量的引经据典，令我只能喟叹十六年前李老师的博学广识与兴趣广泛。他的写法也怪异，此时明明是叙述者的"我"，忽然间穿插了一个第三者，如《抹香》里"他"和"老错"，读者置身于场景情境中，骤然不知今昔何时，如坠迷雾深渊。作者似乎刻意为之，就像文中说及三岛由纪夫，把身体练得那么美，八块腹肌，深深的人鱼线，为的是切腹时可以死得比较好看。而鸬鹚再可"治喉病"，无奈羽毛黑得发紫，也只是一不入诗的鸟。唯美，是李敬泽写文章的出发点和立足点。

这些年，李敬泽的身份一直是评论家（近年多了中国作协副主席的头衔），有一次《南方周末》找分别属于"六零后""七零后""八零后"的三位评论人盘点二〇一六年中国的小说，李敬泽提到张悦然的《茧》："争议的要害可能是，我们是有一个共享的历史，还是我们只能封闭在被年龄和经验分割、隔绝的'历史'里？"继而他说到很多小说，都有一种引而未发的感觉……也许还没有想清楚向什么告别，也没有想清楚前往什么地方。

这话用到《青鸟故事集》上似乎也合适，读者共享的历史是否要以年龄和经验做分割？追索那些阴影角落里的人与物与踪迹，究竟为的是向何方前行？没想清楚之前，读者终归看得云里雾里，哪怕怀念宋代、梦回唐朝。当然，你完全可以把它当小历史、小掌故看，可以明白西域里、清宫中许多的掌故八卦、秘闻轶事。不过，那类文章以前在《万象》杂志可是多了去了，钟叔河先生一篇关于"肉苁蓉"的文章也就一千来字。

茅海建有篇文章写杨奎松《"中间地带"的革命》："明显感到作为读者的我和作者之间的旨趣差别。作者致力于理论的新释，……我却偏爱于对历史真实的描述。"他坦率说出自己读后的感受，以为"那是对作者更为恭敬有礼的表现"。有意思的是，《青鸟故事集》一书中也有引文："一位名叫茅海建的史学家就此写道……"

李敬泽欣赏布罗代尔，因为"在这些书中，人民以及人民的生活不再是空洞的，他们被呈现出来，而且获得了雄辩的意义"。这是"青鸟"雄辩的理由，我更欣赏茅海建的"旨趣差别"，尽管它不能作为作品高下的评判标准。

奢华的《宁文写意》

春节，董宁文兄送了我新书《宁文写意》，是他的水墨山水小品首次结集。

跟很多人一样，我读之诧异，董兄竟然会画画？！

更为诧异的是，这本不厚的书中，收入了四五十位学术界、文学界、书画界、出版界的前辈及师友所写的文章，一起谈董宁文的画。其中不乏我熟识的前辈师友，董桥说其画作是"散曲小令"，屠岸赞其"意随笔走，水墨龙蛇"，汪恩奎夸其作品有传统中国画的皴擦点染的娴熟技法，俞律指其笔墨颇见精神，王稼句道其笔墨勾勒景物神态……

不由得感慨，太奢华了。

我不懂画，但见书中泼墨，《小山邨》《天柱山》《春江帆影》《北海群峰》《山居图》《吟月图》《秋江图》《秋亭图》……浓淡相间，古拙雅稚。这些画里，竟有一些大家的题跋。《山村秋意》中，漫画家方成题写"意在其中矣"；《对弈图》，丁芒题写七言一首："眼底棋枰堪骋志，掌中霹雳亦纵横。经天纬地参差星，不觉芭蕉绿愈浓。"《野趣》中，流沙河题写苏东坡诗句："扁舟一棹归何处，家在江南黄叶村。"还有饭牛、马得……处处皆细节，里外藏玄机。

再次慨叹，太奢华了。难怪徐鲁在文章中写道，即使没有这些题跋，他也可以绿杉野屋，脱巾独步。

再细看，《宁文写意》的封面题签者是周退密，扉页"宁文写意"的题签者是流沙河，再翻开，文内夹页"宁文写意"的题签者有董桥，再翻有高莽，再翻有屠岸，再翻有韩羽、罗邦泰、徐为零、忆明珠、俞律……

一路看下去，眼珠子快掉下来了，这，太太太奢华了。

一本书，竟可以这样做，简直当众挑衅同行编辑的人脉资源、约稿能力、社会"能见度"，甚至人品考量和信任指数。要知道，里边每一篇文章都可以单独拎出来当一本书的序，每一笔题签都是一个出色的封面书名，每一份题跋都可以当镇书之宝，每一个文章作者的名字都那么铿锵响亮，每一项的约稿难度、时间跨度、操作程度都自不必说……

作为一名报纸副刊编辑，除了羡慕嫉妒恨，唯有以一种全新的眼光打量眼前寡言少语的董宁文，以及他坚守了十九年的杂志《开卷》。

　　说起《开卷》，必须回溯到一九九九年时任凤凰台饭店总经理的蔡玉洗的一个构想——准备在星级饭店中设置书吧，组织读书俱乐部，创办读书俱乐部的内部刊物。这个想法得到南京大学教授徐雁、作家薛冰和董宁文等同好的赞和。二〇〇〇年一月，凤凰台饭店的书吧沿用清代金陵藏书家朱绪曾的斋号，定名为"开有益斋"，内部刊物则以《开卷》为名，由蔡玉洗任主编，董宁文担任执行主编，同年四月《开卷》创刊号横空出世。随后的十九年间，杨绛、黄苗子、范用、丁聪、黄永厚、王辛笛、流沙河、钟叔河、朱正、绿原、舒芜等一批大家陆续成为《开卷》的作者，杨绛生前为杂志题词"稳步前进"，书法家张充和题写"开卷"二字。至今《开卷》编辑出版达到了二百多期，而由《开卷》衍生出的《开卷文丛》多达几十种。薄薄的一本杂志成了当下影响力巨大的民间读书刊物，书界誉其"小小《开卷》，做出大家文章"。

　　汪家明曾细心地罗列过一组数字："据说每期要向全国读书界的朋友寄赠四五百份，每个信封都是他（董宁文）一笔一划地写，十六年近二百期总计不下十万份吧。"我有幸也在受赠的名单中，每当收到一个薄薄的信封，寄出地署南京，便知道又一期新的《开卷》出炉。《开卷》一百七十一期时，我曾大惊小怪地写了一篇专栏文章《14岁！舞勺之年的〈开卷〉何等风光》。

这些年，《开卷》继续前行，董宁文依然不声不响。为《开卷》设计封面的书籍装帧设计师速泰熙形象地称其"从一个人的杂志社到一个人的出版社"，薛冰也概括"近年来（他）更是独力撑持《开卷》事业，在文化圈中声誉日隆"。

"独力""一人"当然指的是台前，幕后天南地北的一众大佬是根本中的根本，要义中的要义，正如《宁文写意》有着奢华阵容，董宁文却只闲闲地补充一句："我的这些墨戏之作并无甚可观，只是给大家提供了一个表达各自对文人字画这个话题的言说由头而已。"

如此，此书开创了另外一种"开卷"模式，像是一期"同题作文"，由《开卷》的作者，以长短不一、角度迥然、写法殊异的文章，与董宁文的画作穿插行进，共同完成加厚版的一期《开卷》。蔡玉洗序之说，十几年下来积累了十几本书，书编得多了，结识的学人也多了。这些都形成了宁文画画的底色和背景。所以，董生一纸邀约，《开卷》作者们皆欣然应命，各路华章墨宝纷至沓来，给足了《宁文写意》的面子，也"抢"了《宁

56

文写意》的风头。

　　或许这正是董宁文的本意。"硕粟"是董宁文早年画作上所用的笔名，"硕"是吴昌硕，"粟"是刘海粟，硕为大，粟为小。二者的画风皆为他所喜爱。董宁文从小学开始写写画画，起初随兴涂鸦，逐渐有了学习画画的想法，"后来对速写、素描、水彩、油画均有所接触"。"记得小时候，我常常对着那册书名似乎为《文艺复兴时期名家素描》(的书)照猫画虎地临摹，记忆较深的(是)临摹过达·芬奇那幅著名的自画像，还有丢勒、米开朗基罗、德加、尼古拉·费欣等大师的素描人像；此外也临摹过王式廓以及赵望云、顾生岳等前辈的素描及速写作品……"他十五六岁开始研习中国画，二十世纪八十年代中期，师从《江苏画刊》编辑张学成，受益匪浅。"张老师年轻时曾拜在新金陵画派重要成员之一的钱松岩门下，书法曾拜林散之为师，后又师法黄宾虹。"董宁文读历代画论，从临古入手，后游历各大名山，外师造化。因为"各种机缘，又与李剑晨、高马得、黄永玉、黄永厚、韩羽、华君武、丁聪、方成"等书画家有了较长时间的交游。

　　如此算来，董宁文画画的历史已长达三十年，在书中，最早的一幅画落款时间为一九八四年，其时他十八岁。

"不学为人，自娱而已"，南北朝姚最的士大夫写意画论调成为历代文人所秉承的宗旨，董宁文自不例外，"写意"作品多取材于山水、帆影、江村、暮色、丘壑、月泉、夕照……一脉清丽性灵。许宏泉对其"小幅得味""大画不画"的评语深得我心，既然"粟"，便与小有关，比如小品、小幅，观之有小体会、小欢喜、小遐想、小感动。再看钟叔河先生重读《宁文写意》画册，"宁文以文人作画，所作能纵情写意，直抒怀抱，是传统文人画而能特立独行者矣"，评价颇高。要求更高的当数蔡玉冼，他甚至说："宁文带了个好头，从开卷闲话到开卷闲画，把开卷书画院搞起来，像《开卷》一样成为全国民刊书画的开路先锋。"看来，《开卷》后面有更多的事要做了。

宁文兄送了新书，就像《开卷》寄到一样，未嘱"写点什么"。我翻看之后，忍不住想说点什么，便三言两语记录了下来。当然，《宁文写意》已够奢华，实在不必我再涂画点什么。

"父亲"二字如此响亮

那一个下午，哭得稀里哗啦。

为了书里的那个"父亲"。

准确来讲，是作者孙爱雪的"大大"，《流浪的女儿》中的孙建魁。

孙建魁生前压根不知道会有这么一天——在他去世三十年后，没有上过大学的女儿书写出的一部长篇纪实性散文作品正式出版面世；他压根不知道，在他身故后，直接把自己嫁了的女儿，在江苏农村拉扯大了两个孩子之后，用自己的泪和血，把思念的文字表达得如此深入骨髓；他压根想不到，在这个残缺贫困，以致在村庄里没有地位的"五保户"家庭里，他是别人眼里的"草"，却是女儿眼中的"天"，他在女儿的心目中是如此"大写"；他压根也想不到，那个时常跟他使小性子的小女儿，已然长大、成熟，在憋屈得无法释放的心灵的空隙中，用厚厚的纸写满了"父亲"二字——她让这个名词如此响亮，如此有尊严，如此令人痛彻心扉……

孙庄已没有孙建魁的家族，他唯一的血脉孙爱雪迁走了。

每年孙爱雪还是要回来，到父亲的坟头，跪拜。

这一次，祭品多了一本书。

一

我不能自已，由《流浪的女儿》想起自己的父亲。

父亲于九年前去世，享年六十九周岁。他也许殁于糖尿病并发症，或是高血压导致的脑溢血。那天凌晨，究竟发生了什么，父亲在最艰难的时刻如何无助地遭受一点一滴的痛苦煎熬，直至坠入深渊重度昏迷……至今我不敢回想。当时还在另一座城市的我接到消息赶到时，父亲已被送往医院插上了呼吸机，瞳孔放大。唯有心脏一下一下地跳动，应着我的叫声，似乎在安抚着我们，让我和姐姐接受这个事实。

我无法原谅自己，因为我自私、软弱。我从小到大被保护着长大，各种艰难困苦、人情世故都有父亲挡着，对于它们，我习惯了敬而远之，远而避之。与孙建魁不同，父亲是计划经济年代物资系统一位风光的人物，他手里握着一支笔，可以"批条"。每天放学，家里坐满了互不相识的人，一脸堆笑，他们在等父亲下班。父亲的女儿也成了大家力捧的对象。

幸亏被"隔绝"着，我只知道拿着书本，从小学、中学到大学，心无旁骛。父亲坦荡率性，刚正不阿，眼里揉不进半点沙子，他对原则的坚持被冠以不适应市场经济的"罪名"，两袖清风从岗位上退休。之后糖尿病加剧，一米八几的魁梧个头日渐消瘦。我在另一座城市工作，每天打电话问候成了日常功课。我以为，电话便代表了惦念。强势惯了的父亲，有天弱弱地说，眼睛开始出现黑蚊子飞，右边的腿无力支撑行走……我赶回去，送他到医院检查，甚至听从医生的建议，怂恿父亲做了腰椎手术。我以为，在最好的医院，有最牛的外科主任做手术，住在最敞亮的单间，有最棒的医护团队，父亲一切安好。

我就这么自私地径自以为着，父亲，有"他们"。

可父亲，需要的并不是"他们"。

在父亲生命最后的时刻，他和母亲两人孤单地生活在空荡荡的家里，每天唯一的期待是坐到电话机旁，听那一声铃声响起。父亲走前的那一天晚上，母亲说他在客厅沙发上等了好久，才慢慢挪回房间睡觉。我没打电话，因为中午刚刚答应他，要快递一部大键盘的老人手机，让因糖尿病症状加剧几近失明的他方便使用。

我压根想不到，那通没有打的电话，竟让我和父亲从此天人相隔。

假如时光可以倒流，假如一切可以假如，假如我知道那一晚是个坎，我无论如何一定要打一个长长的电话，一个可以跨越午夜到凌晨至拂晓的电话，让父亲躲过一劫；假如我知道父亲大限将至，时光无多，我绝对放下自己所有的一切，日夜守候陪伴在他身边……

当然没有假如。"假如"成了我背上的一颗黑痣，让我负重前行。父亲最疼爱的女儿，在他一生中最无助的时刻，浑然不觉，并无处着力。

孙建魁比我父亲幸运，他胃穿孔末期，女儿有感应般地从雪糕厂冒大雨跑回几十里外的乡下，用板车把他拖到医院，四下借债救治，陪护左右，临终时，他伸出手，握住女儿的。"我低微如草芥，而文字赋予生命以崇高。"时隔三十年，孙爱雪费尽心力以文字报答了她的父亲，书扉页照片上那张微仰着的、略为黝黑的脸庞，泛着尊严刚毅之光。

在我父亲面前，这辈子我低微如草芥，无以为报。

把父亲的后事办完，我将母亲接到身边，一刻不离。父亲，以及生我养我的那一座城，随着父亲的离世，慢慢沉进记忆中，我甚至刻意逃避，企图淡忘，根本不敢也无力去触碰心底里那一处暗网——永远的痛。直到读《流浪的女儿》——父亲的女儿，女儿的父亲，女儿与父亲……刹那间，泪水滂沱。

二

是的，在《流浪的女儿》中，我与父亲"相遇"。

孙爱雪以满满的细节饱含深情地呈现了父亲孙建魁的形象——

父亲买猪油炒菜，因为有肉的味道，还便宜，够吃一些日子。可孙爱雪嫌猪油不好吃、糊嘴，任性地跑掉了。饭做好了，父亲满村子找她，最后蹒跚而回，一身汗水，满脸恐惧，才发现她早已躺在床上睡下了。喜极而泣的父亲一把抱住她，喃喃：再也不买猪油了，再也不买猪油了。

没钱买衣裳，父亲自己织布。孙爱雪嫌白色不好看，父亲便想了法子——染色。冬天里，她终于穿上了粉红的棉袄、蓝色的棉裤走在雪地里，"每一场大雪飘飘的时候我都会像一只蝴蝶从雪地里跑过，幸福便像蝴蝶身上那对翅膀，在身上轻盈地上下翻动"。那身衣裳，羡煞了学校里多少同学。

学费缴费截止的那个周六，父亲连夜赶到学校，呼喊她的名字，塞给她七元钱。那是他卖掉了家里仅剩的两只小公鸡所得。那年春天孙建魁赊养了二十只小鸡，活下来五六只，准备中秋节时杀一只给她吃，孙爱雪却说："我只是要公鸡毛，想做毽子。"

......

一直到初中，她都是一个不懂事的孩子，没有生活艰难的意识，只想着把所有困难告诉父亲，向他提出各种要求，然后，等他解决。

一切似乎合情合理。因为别人有的，她也得有。

已经老迈的父亲，为了女儿，天塌了也能顶上，房倒了也能重建。他使出浑身劲儿，把日子过得像细细的流水，流出水花的喜悦。

穷中取乐。

作为村里的"五保户"，政府年年有救济，需要个人到大队里去领。村里人比画着说给孙建魁听，孙建魁耳聋，似懂似不懂，呵呵地笑着，从来没去领过。他挺直着腰板，让女儿从小就知道，人穷，志不能短。孙爱雪忍着饥饿，直勾勾盯着别人吃红糖，但坚决不开口——不说"我要"。

与孙爱雪不同，我在沿海的城市里长大，物质再匮乏，也有饼干糖果吃。上小学时书包里彩色文具盒装着神气的钢笔，身上穿着鲜艳小洋装。早晨端着不锈钢饭盒到市委招待所食堂等热乎乎的馒头出锅，一张饭票十个的定量，师傅往饭盒中塞满了十二个甚至更多。我自得地回家，等待表扬。可父亲皱着眉头严肃喝道，不能这样。"不能这样"的还有很多……那些规矩让我知道了做人要自尊、自重、自强、自立。

我一直没能自立，因为有父亲的肩膀。他躺进冰凉的灵堂的那一刹那，四周一团漆黑，电闪雷鸣，狂风暴雨，瞬间，我忽然长大了。

二〇〇九年料理完父亲的后事，我拎着他唯一的财产——一只整整齐齐装着日记本、通讯录，以及我和姐姐的出生证、学生证、入学通知书、奖状的小皮箱，回到深圳。心里发愿，哪一天，一定写写父亲，写他儿时饥寒交迫，求学时发奋进取，创业时吃苦耐劳，任职时一身正气……

箱子至今锁在柜子里，未曾打开。

我欠父亲一本书，一本大书。

孙爱雪每年春天和秋天都回到孙庄，去小河边父亲的坟前，就像小时候在父亲没回家的黄昏，她爬到棠梨树上，遥望东边的大路，等父亲归来。如果父亲回家找不到她，也会寻到棠梨树下，看到她趴在那里睡着了，抱她回家。她知道，哪怕孙庄没有了孙建魁的家族，父亲也一直在那里等着她。

在孙爱雪心里，父亲一直未曾离去，如一豆不息的灯光，照亮她一生的孤寂。

三

孤寂中孙爱雪写下了回忆性长篇散文《流浪的女儿》——耳朵失聪的父亲，生前手残的母亲，孙爱雪是父母生下的第二个孩子（第一个孩子因烫伤不幸去世）。母亲生第三个孩子时难产而亡，那一年，孙爱雪三岁。此后，她与父亲相依为命，居无定所，为了生存察言观色……直至她二十岁时父亲患胃病去世。无依无傍的她选择了把自己嫁出去……

这是孙爱雪的亲历。人生线索分明，人物关系清晰。

"没有中心，没有次序，也没有所谓的'高潮'。在这种几乎没有贯穿的情节的书里，惟靠记忆把一个又一个生活场景连缀起来。"（林贤治《读〈流浪的女儿〉》）

林贤治老师将书推荐给我时，我心怀好奇，究竟是什么样的作品，如此打动一位严谨的学者型编辑。

出书的过程极其简单又顺利——孙爱雪到林老师的新浪博客下留言，并寄去书稿。林老师看了第一页后，继续往下看，看到第三页，他决定看下去，四十万字的书稿看到一半后，他主动给素不相识的孙爱雪打了一个电话，说"此书我出"。"所有的细节都是富于情感的，汁液饱满的，它们彼此粘连到一起，是一种活动着的生命。这些细节，在作者手里，仿佛都不作刻意的安排，诗一般地，流水一般地。"

书在二〇一七年六月由花城出版社出版。质朴简洁的封面上，一双踩着红鞋的脚踏向远方，与"女儿在流浪"的主题相呼应。

林贤治老师在《读〈流浪的女儿〉》中写道："孙爱雪是如何阅读的呢？她熟悉的作家有哪些？是谁诱惑她走上文学的道路，并且选择了眼前的方向的？"这也是我想知道的。

我要来了孙爱雪的联系方式，准备向她问询。可读着读着，打消了这个念头。书里的答案相当明显，她创作的原动力，她踏上文学之路的根，早已在少年时埋下了。

父亲，是她取之不尽的创作泉源。

在少年孙爱雪的意识里，父亲却是一个让她蒙受羞辱的人，她的身世亦让她讳莫如深。她说："我渴望一个有尊严的父亲，渴望我的家体面而受人尊重。"

在书中，她用细节展现成长的困惑与屈辱——

一天午后，突然来了四个同学……看到我家的锅，锅敞着，锅盖立在墙上，锅盖上一层泥土和灰尘，锅台上落着枣树掉下的叶子，叶子干了，蜷缩着，像一只臭虫。父亲饭后不刷锅。没有人教育我生活的细节，一切都要自己去启蒙。我感觉到丢人现眼。不是父亲的散漫、无意和敷衍生活，是那只带渣的锅，敞开在天幕下，触动了我的本能。我开始饭后刷锅，一种天然的本性意识促使我把锅刷得干干净净，至少三遍，或是更多。我知道了整洁，穷得一无所依的屋子要干干净净，每一个墙角都要打扫干净。

从锅开始，家里的墙也让她蒙羞。此前没有人告诉她这面墙有多么难看，她也从来没有意识到这面墙对她会有这么深的伤害。土墙的灰，像记号一样被她随身携带，同时携带的还有家境的窘迫、生活的困苦、穷到极致的可怜。

"敏感和自卑不是与生俱来的"，而是"伴随着成长"出现的，人会"在某一瞬间长大并领悟到人与人是有区别的"。就像大伯母说孙爱雪的父亲"聋子，又脏又懒，败家子，不过日子"时，孙爱雪心底里会冒出一万个巴掌，每一个巴掌都以最快的速度结实地落到大伯母脸上。

沉睡的灵魂开始苏醒，她真切地体会到人情冷暖，被迫张开了第三只眼睛和第二个脊背，人生愈发黑白分明。

字里行间她变得咬牙切齿，比如，"在生命中，伤害你的人，往往是那些离你近的人"。又比如，"我一直寻找复仇的办法，我一直想象着怎样去报复。对那些我恨的人，我要让他们向我屈服"。

怀着这样的心态，孙爱雪发现了唯一的方法：写作。

她开始反复书写，关于欺负、侮辱、憎恨和雪耻。"我过不去这个坎，写完这些文字也过不去。"凭记忆链条，将往事一环一环拉出来，这是她不得不写的理由，也是她雪耻的动力。

四

同为女儿，我强烈地感受到来自书中的三种情感，一种是爱，一种是恨，一种是自我救赎。这三种情感杂糅在一起，往事"追魂而来"，最终让孙爱雪拿起笔，写下二十岁之前的自己、父亲与村庄。

这是个人的挣扎成长史，也是怀念父亲的回忆录，又是自我救赎之作。

像是复仇，因为欺侮、嘲笑、歧视，以及那些冷酷的拒绝、无情的凌辱和作为异类被排斥的无数个瞬间，凝结成内心剧烈的反抗，让孙爱雪和这个世界无法握手言和。她幼小的心灵一再发愿，一定要凭自己的努力超越所有欺侮过她的人。

像是报恩，她曾把父亲写进作文《记我熟悉的一个人》中，作文被当作范文在课堂上念出，幼小的她趴在课桌上泣不成声，发誓长大了要报答父亲。报答父亲，还有那些于她有恩的伸出的手、温暖的笑，以及关切的一声声问候。

像是心灵救赎，她用最痛彻心扉的文字，如尖刀般惩罚自己。随着时间积淀越发浓烈的爱恨情仇，其撕心裂肺、地动山摇的程度早已超出了微小个体的心灵负荷，

"我一人在风中，踽踽独行"，情感必须喷薄而出。从村庄的草木开始，直至最后父亲生命的黯然落幕，书写戛然而止。每页间，满是泪、血，还有生命的悸动。作者掏空了自己的心肺。

该有多么决绝的爱与恨，才能流淌出如此这般锥心的文字。

孙爱雪以"物"和"景"为线索，一口井、一棵树、一个母亲陪嫁的箱子、一间老屋、一只玉米面发酵后做成的在嫂子嘴里慢慢咀嚼的团子……都成为她抒发感情的载体。全书不以事件为经或以时间为纬，唯记忆的文字在笔端复活，像无声的影像，一个片段复一个片段缓缓浮现，坚定而深沉。应该说，孙爱雪一开始还力求克制，将孙庄在大地上的版图模样冷静描写，到第二章和第三章，一进入"父亲"层面，手下的笔已如脱缰野马，一跃千里，任由情感决堤，思念汹涌。

在她，爱是种子，恨也是种子。它们像根须一样滋养着孙爱雪的文字表达，让她的文字浑然天成。

在我，爱是一切。父亲为女儿营造的天地里，风和日丽的色彩，以及风轻云淡的姿势，便是全部生活的常态。在这里，眼睛看不到其他，也无从感受其他。我确实不知道盯着别人吃东西的滋味是什么，也无从羡慕别人身上的衣裳……我不知道什么是优越，也不懂得何为缺失。浑然不知，或叫天真无邪，是父亲给我的一生最好的礼物。

因了"父亲"，我对孙爱雪有着深切的共鸣与理解。

也因此，附带隐隐的担忧，尤当孙爱雪对于自己所选择的外嫁，用了冰冷的叙述方式："一个男人走到赵庄派出所，迁走我的户口。"她生下两个孩子，成为母亲。而那个男人，是孩子的父亲。

回到主题"父亲"——孙爱雪的父亲、孙爱雪孩子的父亲。

我担心的是，不管有着什么样的前后因果，这里边注定有着某种血脉传承。

儿时孙爱雪的视角，也将会是孙爱雪孩子的视角。"父亲"，古往今来这一社会角色，对所有孩子来说具有一样的情感含义。她在释放自己"恨"的同时，能否做到真正放下，把那些欺负过她的村里的"大姐""嫂子""伯母"，甚至"村支书"……通通放进黑白电影放映机里，变成历史镜头一闪而过？试想，一个小小匣子的维度、视野乃至胸襟，又能期望它有多大？文学因子给了孙爱雪阅读上的成长，也因此她回过头才能远距离直视村庄里官与民、富与贫的差别，才能厘清其中的人伦与道德的关系，或许，才能有同情之理解，乃至同情之谅解。

想起虹影的自传体小说《饥饿的女儿》，讲的是一位女儿与一个家族的故事。她不隐不瞒，平静叙述，情感不井喷不外溢，外人看来可能低贱的生命在她笔下得到了彻底升华。这是一种强者的叙事。

林贤治老师将孙爱雪与萧红相提并论，将《流浪的女儿》放置到乡土文学的大概念里，赞其"透过物质生活的网眼，她关注的是人的精神，道德，人性……"

我没有林贤治老师那么宽广和深刻的视角，唯有狭窄地落回最私密的个人情感——"父亲"。感谢孙爱雪，《流浪的女儿》唤醒了我内心深处的承诺——完成女儿写给父亲的书。也许，是时候开始了。

接力着一个传统

看王安忆新书《仙缘与尘缘》，其中的一篇文章《在同一时代之中》（二○一三年九月发言稿）提到，想起多年前参加青创会的情景，那是一九八六年年末或者一九八七年年初，开幕之前，举办了一场文学晚会，总导演是张辛欣。

记得开场部分是三代作家亮相，第一代冰心先生以一束追光象征性地到场，接下来是张洁，她可说最早恢复个体在文学里的合法地位，开启新时期文学又一重帷幕，第三代的代表，就是我们中国作家协会的铁凝主席，她是知青作家中间最年轻的一个——晚会中，而知青作家则是上世纪八十年代的年轻人。

正好在微信朋友圈中看见张辛欣，跟帖报告说王安忆文内提及她导演的二十世纪八十年代的文学晚会，云云。

张辛欣立马回复："晚会名称是'我们·你们'。我转你节目单。把那时候主流作家基本'一网打尽'。写了一个《唯一的夜晚》长文，讲节目制作以及背景，放在李黎（江苏文艺出版社编辑）那儿。"

旋即她发来两张截图，一是当年晚会的海报，一是详细的节目单。

黑底红字的海报，背景虚化的剧照，上下对角赫然印着手写体的"我们·你们"和"WE AND YOU"，底下印着"文学之夜·北京·86'"，颇有视觉冲击力。主办方为中华文学基金会、《中国青年报》、《工人日报》、《文艺报》、《体育报》。

当年张辛欣红得发紫。中央戏剧学院导演系毕业的她，已发表了《在同一地平线上》《我们这个年纪的梦》，以及《北京人——100个普通人的自述》等多部作品，被分到北京人民艺术剧院当导演。她担任"我们·你们"的总导演再合适不过。后来得知，这台晚会唯一的编剧也是张辛欣。只不过两年后奔赴美国"流落"至今的人生轨迹，则是连张辛欣本人也料想不到的。

这些年，张辛欣依旧活跃，引领各种风潮。前几年妣同国到深圳，聊天聊到张晓舟。张晓舟近年来一直搞摇滚搞民谣，从媒体人、足球评论员、作家，再跨界到摇滚圈，年岁渐长，精神"荷尔蒙"却未见消退。巧的是我拿到"我们·你们"的海报时，忽见张晓舟在微信朋友圈秀他导演的MV（音乐短片）处女作——周凤岭新歌《北京1986》。

又是一九八六！

难怪台湾传媒大咖詹宏志先生说，"朋友圈就是一个同温层"，此话极妙。它把同类圈到一起，关注的、传递的大致相近。两个天南地北跨度三十年的"一九八六"，这里边或许有所关联？

有人说，一九八六年承接了"五四"运动启蒙精神的衣钵，把时代推向了一个新启蒙的历史时期——继一九八五年中国大陆的"文化热"拉开序幕后，各种新思潮、新流派、新作品接连涌现，造就了自"五四"以来规模最大的一次文化反思运动。在"我们·你们"的节目单中，包含柯云路、孔捷生、张抗抗、陆星儿、铁凝、叶辛、梁晓声、阿城、王安忆、韩少功、贾平凹、张承志等大批作家。也正是这一年，崔健登陆工人体育馆，首唱《一无所有》，宣告摇滚乐在中国正式诞生。这些似乎侧面见证了这一年份的重要性与其独特的历史地位。

手头张辛欣的节目单保存完好，三十年前的老照片泛黄的岁月痕迹并不明显。展开细看，共分五个部分：一是序曲，主题为"不断地诞生"。作品是冰心的《寄小读者》，出场人员有冰心、张洁、铁凝，代表三代人。也就是王安忆说的冰心先生以一束追光象征性地到场，接下来是张洁开启新时期文学又一重帷幕，第三代的代表是铁凝。如今看来，三十年前这三代的文学代表遴选得相当靠谱，不但在当时具有历史代表性、现实权威性，也颇有发展的前瞻性。为何选的三代人物都是女性，与总导演张辛欣的女性视角有没有关系？不得而知。

接下来，第一章主题"我们共同参与！我们共同创作！"口号式的铿锵有力，似乎向世人宣告"我们"是一个群体，"创作"是根本实质，与其他无碍。代表作品有刘心武的《5.19长镜头》，还有理由的《倾斜的足球场》。当然，出场人物便由这两员大将担纲。当改革叙事开始取代革命叙事时，这些实验性的作品变得举足轻重，所做出的选择也透露着一定的意味。

第二章开始和缓起来，主题为"在今夜，一起漫步"。第一例作品是黄宗英的《小木屋》，第二例作品是张承志的《黑骏马》。他俩为何集结到一起，也是一个待解的疑问。这一章节中，又衍生出三个小环节。到第二环节"战争与和平，昨天与今天——军人作家们"时，出场人员多了起来，有伍修权、李存葆、钱钢、刘亚洲、李延国、唐洞、乔良、朱苏进、崔京生、袁厚春、海波、何晓鲁、丁小琦、陶斯亮。这些军旅作家如今已各奔东西，近期见过的有钱钢老师，他自《唐山大地震》后辗转各地，目前任教于香港。我曾于二〇一七年元旦后，在广州中山大学聆听了他的两场讲座，所获匪浅。第三环节是"朋友，你有过同样的经历吗？"，出场人员同样众多，有柯云路、孔捷生、张抗抗、陆星儿、铁凝、叶辛、梁晓声、阿城、王安忆、韩少功、史铁生、贾平凹、张承志。这些名字如今听起来都如雷贯耳，撇开官方身份，个个算文坛翘楚，各领风骚。

王安忆便在这一环节上场。史铁生也以另一种方式参与进来，他写下了名句："任何时候都不必把责任推卸给历史。历史承担了责任又怎么样呢？以后的路还是要靠我们自己去走。"这句话被印到了节目单上，掷地有声。三十年后王安忆在文章中不忘写道："史铁生，在那个文学晚会上也没有到场，他觉得坐着轮椅上台也许挺有舞台效果，但这样的戏剧性，不合乎他的也是文学的本意，所以只是播放了事先的一段录音，他的话我还记得，意思是历史承担了责任，路还是要我们自己走，八十年代正是一个批判和反思的年代，他提出了自己的责任。"

这个环节中，压轴的是王蒙上台诵读作品《青春万岁》。查王蒙年表，一九八六年当选中共中央委员，任中国作协副主席、书记处书记，一九八六年六月任文化部部长。

晚会第三章"当代的故事"，分两部分：第一部分"真实的故事"，有作品《银幕以外的故事》；第二部分"荒诞的故事"，谌容朗诵作品《减去十岁》。

接下来，尾声："是火，是爱，是希望……"

以今天的眼光看，各环节之间看不出承前启后的逻辑关系，倒是二十世纪八十年代的重要作家都基本囊括了。一张薄薄的白底淡纹的节目单，似乎满满地承载了中华文化的继往开来。时任文化部部长出席并上场亲自演绎，可见当时官方之重视及认可。

好一场文化盛事。

时隔三十年后张辛欣所写的《唯一的夜晚》长文会讲述什么？那估计会是一本书的容量。不过，她能够在一两秒内把两张图片发过来，说明这个历史文件离她很近，触手可及。尽管远离体制久矣，面对那一晚，她的回忆还是瞬间复活："天下哪有作家群做一戏剧之夜的？

作家是多自恋以为没有第二的人……"行文风格就像面对面说话一样快速，直接，有力，完全是张辛欣派头。

这场晚会注定会有很多故事，其背后的寓意和影响，只有张辛欣《唯一的夜晚》能透露点什么。"所以故事挺好看，我从一个'反动派'变成总导演，自己叛变自己。"每个人都年轻过，现在的张辛欣调侃起当年盛名之下的张辛欣，嘴下不留情面。

那一年，张辛欣三十三岁，王安忆三十二岁，铁凝二十九岁，史铁生三十五岁，韩少功三十三岁，张抗抗三十六岁，陆星儿三十七岁，张承志三十八岁，贾平凹三十四岁，叶辛三十七岁，梁晓声三十七岁，阿城三十七岁，孔捷生三十四岁，路遥三十七岁，钱钢三十三岁……这一连串数字不知是机缘巧合还是老天显灵，放在一起，令人不得不咂舌。处于三四十岁盛年期的实力派作家，扎堆涌现，齐刷刷出现"在同一地平线上"（张辛欣作品名，该作品一九八一年发表于《收获》杂志第六期）。那真是一个充满希望、活力的年代，各种文学创作式样、思潮、流派，随着思想启蒙，此起彼伏。

对于一九八六年，王安忆有着更重要的记忆，她写道："在一个晚宴之前，有人领我去见萧军先生，在场的还有骆宾基老师。重要的不是和老师们说了话，又得了他的签名本，而是面前的人，是和萧红共同生活，互相参与命运的人，是亲耳聆听过鲁迅的教诲，扶过先生的灵柩的人，是'五四'新文学发轫的亲历者……和萧军先生面对面，分明是在经历着一个历史。"

三十多岁的王安忆、张辛欣们，面对萧军、骆宾基他们，似乎有了一种文学上的承前启后，连接"一个历史"，创造着同一种传统……王安忆因此深刻地体会到，传统并不是在二十年、三十年，甚至五十年间形成的，"它不止是一本或者几本书，而是一脉思想"，"读着长大"的应该是影响更"久长深远"的作家的书，比如曹雪芹的、托尔斯泰的、鲁迅的，"那也是我们正在读着并且成长着的"。

此番经历，感同身受。那年台湾遇朱天心，我们一路走一路聊，从下午到晚上，从淡水到台北，从捷运到夜风下的烧烤……忘了签名，忘了拍照，忘了提问心中的疑惑。是的，重要的不是和朱天心在一起，而是走在身边的这个人，是台湾作家朱西宁、翻译家刘慕沙的女儿，是至今争议不断的胡兰成的学生，是台湾中生代作家朱天文的妹妹，是学者、小说家、翻译家唐诺的夫人，是台湾文化标志式人物詹宏志、小说家张大春、出版家初安民等一众人物的好友……她有太多的标签，更重要的是她勇于反思历史，敢于直言，以文学针砭时弊，不向世俗低头。回深圳后，我在书里写道："台湾的捷运行车速度并不快，我却似乎穿越时空，连上了一段厚重又绮丽的历史。这趟时空列车，一头是鲜活的朱天心，明眸皓齿，一头则从民国时期的张爱玲、胡兰成，到二十世纪七十年代的朱西宁、朱天文及'三三'们……这些原来只在书本上看到的名字，纷纷来到了面前。"

同样的场景，出现在河西学院贾植芳纪念馆。"因了'七月派'作品，因了陈思和、李辉，我脑子里看到的贾植芳便是陈思和、李辉的贾植芳，我脑子里记得的胡风就是曾经与贾植芳过从甚密的胡风，我脑子里记得的鲁迅就是曾经教育过胡风的鲁迅……"如此连接着，现代文学历史便在眼前徐徐展开。

同样的场景，长沙钟叔河先生的"念楼"里，北京朝阳区八里庄牛汉先生的寓所内，董桥先生为牛津读者签书的香港书展上，上海陕西南路黄裳先生的客厅中屡屡出现过……重要的是陈思和教授说过，现代文学是一条河流，我们不过是这条河流里面的一块石头……从中可以感受到这个传统在身上流淌过去。

三十年，在历史长河里不算长，在人的生命里不算短。"那一个晚上的年轻人已经不再是年轻人"，王安忆在文章中喟叹，"史铁生走了，还有路遥、邹志安、王小波、陆星儿、赵长天……我们这一代的人都进了天国，可是还没有来得及建立一个传统……"

一些人进了天国，一些人离开了故国，包括晚会总导演及编剧张辛欣。还好，她把资料存留了下来，海报、节目单，以及与她一起"流落"多年的日记本……她告诉我，她用了整整一个早上重温了一九八八年至一九九一年的日记。在发过来的图片中，我看到日记中夹了很多小黄条，像是记忆的符号，一个个节点根植于张辛欣内心深处，无法逾越。

点开张晓舟执导的 MV——北京清朗的天空下，夏冬的歌声悠然澄澈，周凤岭的假腔直入骨髓地干净，在涤荡心胸的箱琴、口风琴带动下，画面展现出了静谧唯美的《北京1986》。

一首歌，悄然穿越回一个年代。在一只专业的耳朵里，它或许稍嫌单薄，却是个体的声音，划破苍穹，努力去完成一次纯粹的精神的回归。

画面结束时出现了很多摇滚大腕，如崔健、张蔷、老狼、沈黎晖……他们纷纷谈论各自的一九八六年，宛如它仍在眼前，未曾走远。

这些年，回望、思念、追忆二十世纪八十年代，越发成了一股潮流，有些人因此沉溺其中无法自拔，有些人则背负前行迷失方向，更多的是通过怀旧、回想、发酵、放大，尝试以最后一点力气，抓住心底里对成长的缅怀和对逝去的眷恋，试图对已然失控的当下的虚无和对未来无从感知的渺茫做一次自我挣扎……或许，这其中也有我们自己。

在某一层面上，这是否可以理解为对传统的一脉相承？或许，传统的建立本身没有一条界线；或许，传统意味着坚守、发展及传承；或许，传统更是由一批一批人前赴后继接力而成。

把张晓舟拍的《北京1986》发给张辛欣，附上一句：这个算不算是对一九八六年文学晚会的精神接力？

此时正是她的夜半时分。

第二部分

寻找"失踪者"小说家张辛欣

不写的生命，就是胡混，你指责得对！

张辛欣半夜猛地回了一句。

老实讲，我蛮胡闹的。自以为看了她几本书，听了她的讲座，读了她的"内部长文"，在微信或微博上与她互动，再发发邮件……就能对她评头论足？

可刹不住。

自从《未曾远去的八十年代》（即本书中的《接力着一个传统》）一文在"冰川思想库"公众号发表，由王安忆新书延及张辛欣总导演的一九八六年那一场文学晚会，再落地到张晓舟执导的周凤岭金曲《北京1986》，试图用心良苦地、由局部且单线地努力连上一场自二十世纪八十年代至今三十多年的"（文化或文学）传统的接力"，很多人在张辛欣名下跟帖，讨论重点依旧是一九八六年文学晚会，以及，总导演和唯一的编剧张辛欣。

才发现，八十年代的张辛欣并没有远去。尽管这些年她一直在折腾，跨界、跨语言、跨领域、跨国度、跨洋跨海，从广播、话剧、电影、歌曲、演唱、主持、画画，直至多媒体、电子书、音频、视频……文字、线条、色块、声音、数码，"蝙蝠"般地进行各种创新尝试，自己玩得尽兴，也让旁人目眩神迷。我一再感到"惊艳"之后，也一再静默着。

她去国三十载，流落多年，始终冷眼观潮，国内文坛任何态势踪迹，她都了然于胸。否则，她不会写下《唯一的夜晚》，关于一九八六年十二月二十八日那一场文学晚会的前前后后，长达五万多字，成为她"激情遗址"中的一章，这篇文章至今还锁在张辛欣美国家中的"抽屉"里。

微信上传来一张图片，是她从地下室找出的一九八八年至一九九一年的日记，里边夹了很多小黄纸条。她用了一个上午细细地翻阅：

> 为见证当时我的观察，同时，复习了在大动荡时刻我的流落：美国—中国的香港—法国—德国—美国，颠簸，精神挣扎与精神病创，生活无着，文化震荡。

她在意的是，如果那场文学晚会只是聚集中国所谓一流作家的中心舞台，如果流离没有给她更相对的视野，她为什么回顾？

在一九八六年文学晚会的节目单上，有很多出场或是没出场的作家，加上明星演员，总共是八十人。用张辛欣的话说就是，把观众注视的"主要作家"一网打尽！这个名单上的很多人与她有过交集，她眼中的"他（她）们"，在《唯一的夜晚》中有详细的描写，可能得"到儿子的儿子的儿子的时候，所有历史的真实纠缠都净化成有惊无险的神话"，才可以公开，谁让"中国习惯假兮兮书写"（张辛欣语）呢？

那么，作为核心人物的张辛欣，她自己呢？

我承认有一种冲动，想告诉她我的真实看法，不想等到"儿子的儿子的儿子的时候"。

网页上，张辛欣的自我介绍写着："作家、导演。以至今保持作品无获奖记录为荣。"

像一个大标签，傲娇得让人觉得，"保持无获奖"其实是一个事儿。

无获奖算个屁呵。咱可拥有多项"第一"：《北京人——100个普通人的自述》是现代中国第一部大型口述历史作品，被翻译成十多种文字；以"第一个骑自行车旅行中国大运河的女作家"入英国名人录，在此次旅行中，她写的印象派作品《在路上》被收入欧洲出版的《世界作家冒险旅行丛书》，她还主持了《运河人》节目，成为中央电视台第一位外聘主持人；小说《在同一地平线上》第一次描述出改革开放时期的价值观变化及当代女性的内心感受；担任大型文学晚会"我们·你们"总导演、剧作者和总策划，这是当代中国第一次现场展现中国重量级作家群体和作品，这台在首都体育馆和一万八千名读者一起向希腊戏剧致敬的晚会，在世界文学史上没有第二次；侦探小说《封·片·联》是法国圣丹尼大教堂地区图书馆第一部出借率高的中国当代小说；是第一个用声音传播长篇作品的中国作家；自画、自写、自说、自做的绘本小说《拍花子和俏女孩》，在 iPad 上出版（二〇一三年），是出版转型时期第一本中文数码多媒体绘本书……

很多人给予了她肯定的评价，给她的出走和流落冠以"英雄"的想象，对她专栏、随笔、绘画、说书、多媒体传播等多变的"十八般武艺"致以"创新""先驱"的赞赏和敬意。更有人说，张辛欣值得被重新发现，这不单指重读她八十年代写的小说，还指要超越她的作家身份，发现一位多面的艺术家。

对，这些都对。

且以我的理解，张辛欣本人对众多的"第一"并不在意，对"获奖"与否根本不放在心上，对众多的好评褒奖也一听了之，一笑而过。她很清楚自己为何逃离，为何流落，又该如何取舍选择，如何面对。所以，"保留这份节目单（一九八六年文学晚会）的我也不是英雄"。她清醒地收藏起自己的骄傲。

坦白说，我个人喜欢她（我对"对自己年龄无感的人"总有莫名的亲近感），甚至叫她辛欣。因了喜欢，便很有些遗憾，甚至落寞，替一位早慧的"创作天才"心有不甘——因为她偏离了自己的轨迹，故意淡忘本心，像一只鸵鸟，极小心地掩埋起那处长达三十年一直未曾愈合的伤口。

此处所用的"伤口"二字，她肯定不会认同。

因为，她马上反问："你认为我是没有获奖才负气出走吗？"

当然不是。

得不得奖不是评判作品价值的关键。你当然不在意，我也相信你不在意。你不是负气出走，是觉得写不下去了，需要去补充能量。但不得奖的伤害是有的。这是你与体制决裂的原因所在。我的批评是，这些年，你一直不断创新，蝙蝠般地进行各种尝试，而且算是成功了。但这些都不是主业，它们远离了你的初心，你是一个小说家，必须拿小说说话。这是你的命脉。没有这个，再多花样，再多创见，也是立不住的。

这一段话发出去后，我有点不知道自己是谁了。

有人说，当年她可以不走，并且通过端正态度，经过二三十年的选择性言说和传承式创作，成为今天的"权威"。可事实是：

我不能面对现实。虽然 80 年代已经是很开放的时期，在那种蛮荒之后一时的热闹中，我看到的不仅是外观的粗糙和单一，我看到了我们内心的荒原。我认为最后涉足了各个行业的那个张辛欣，她在这里的创作已经走到尽头了。我感到我自己的文化底蕴和文化准备是很不够的，我宁愿流放。

我至今认为张辛欣的激流勇退百分之一百正确，不管是被动的还是主动的；至今认为她的无获奖记录是百分之一百干净，不愿随波逐流，决不低头；至今也认为"流落之后，一个人如何在接近完全无依无靠的状态下，通过自身的创作（核心是写作）来证明自己的存在"，是张辛欣三十年来不断自我挣扎，不断自我诘问的根本命题。

所以，我忍不住在键盘上打下一段又一段——

我一直认同你的创作状态和能力，但觉得你偏离了方向。而你这么做是有意的，你不愿直视或是回望你的痛点，你为自己的骄傲活着，其实，内在是痛苦的，无根的，没有抓力的。

你对别人作品的评判有犀利的眼光，点评中肯，包括对张洁，对莫言，对王安忆，对刘心武，对张承志，都很棒。你也一直在创作，但至今没有拿出长篇小说来，对，没有拿出那种你认为值得拿出来的、超越《在同一地平线上》的作品。而所谓的散文、随笔、专栏文章，以及各种新媒体，这些玩意儿，亲爱的，真的太浪费时间了。对一个优秀的小说家而言，花时间精力在这上边，真让人心痛。

我缅怀八十年代的张辛欣，我一直认为那个张辛欣"失踪"了，至今未归。

所以，要寻找"失踪者"小说家张辛欣。

……

如今想起来，我真的疯了。那一头是张辛欣的清晨，她还没有全醒，早上起来要去看医生，她的腰椎病症已很严重，一周后将进行手术。

而这一头的我有了变身为珀金斯的幻觉，仿佛自己正在斯克里伯纳出版社里，面对"巨婴"托马斯·沃尔夫那一辆货车装运的书稿，拿起小斧子砍掉十万个单词后，成就了《天使，望故乡》；又大量删减《太阳照常升起》及《永别了，武器》书稿中的"脏话""坏词"，作品大卖后赢得巨额版税，圆了海明威买一艘船的梦想；甚至力劝"天才坏小子"菲茨杰拉德修改盖茨比出场场景，使行文结构紧凑，在作品中增加二十个新的段落，《了不起的盖茨比》自此载入了现代美国文学史册……

真是一发不可收拾，我自以为是发表白先勇第一篇小说《金大奶奶》的《文学杂志》编辑夏济安，甚至是发现并刊登三毛第一篇小说《惑》的《现代文学》编辑白先勇……

此时，我完全热昏了头。

可张辛欣回话了——

你这几个"攻击"都值得回答。

小说，究竟值不值得写，其实是很有意思的问题。如果你同意，咱们就"我是不是小说家，小说现在是什么样的处境，现在谁读，怎么写……"进行讨论。

老天！这可不是我的专业范畴，也非我的能力所及。再说，我……哪是她的讨论对手？！我只不过作为一名普通读者，想指出我认为的她的问题所在——你是一位天才小说家，你要用小说完成你的历史使命。就像唐诺对朱天心说的，你是小说家，必须责无旁贷写下去。说完，我就想开溜了。

第二天睁开眼，张辛欣微信名下，文字一段接连一段——

小说是西方19世纪的玩意儿，漫长的、乡间的、冬季的、消磨寂寞的文字读物，也是异乡客对家乡的另类想象？比如到美国的英国佬等待海船带来的狄更斯。

小说也是政治科幻，是写作者的自我释放，比如《1984》。

20世纪后半期小说危机了，电视出现并普及，非虚构"流行"，现实主义手法比不上新闻报道的速度，而沃尔夫夫人说，感想同时向四面八方散发。怎么散？形式基本实验完了，回到新白描？聚焦个人经验？魔幻历史化一块大陆？科幻发挥？用非虚构加虚构，以一个人的历史承载文化景观和生命细节？异地贩卖文化的便签？

小说这个创作形式，在21世纪，究竟还有没有张力？有什么可能性？谁在读小说？

有人说，读小说是青春期现象，50岁以上的人谁还读小说？咱们讨论写小说的人以及市场，不能陷在作家协会里和文学大奖上。读玄幻小说、科幻小说的大有人在，从不务正业的大学生到投资大佬们。

其实我一直写，我躲开中国，是想拿自己这个材料写一部小说，但是我没有编辑了，没有人能和我讨论怎么写，我写了"我"，写了，放着，放蛮久，其中一小段，画成《拍花子和俏女孩》，其实我画的比你看的多多了。画，改变着我的笔法，而消减，改变，无人知道。是我的问题，我越写越改越"干净"……我会和翻译讨论，一个个词组，小心"加"，加出一点点口语化……

写小说，是一种漫长的自我观察，无人证明的自我涂抹。很多小说，你如果注意，都写了很多年。在 21 世纪，在思维越来越表浅化、破碎化、短文化的绝对趋势下，任何一个多年思索小说的人，是不是傻子啊！得多自恋，多狭窄，多偏执，才能承受自我摧毁地闷头想另一个并行的世界。

是的，我被摧毁着，我相信，我的精神疾患在中国就埋下了，我要花很长时间日日面对。我观察所有离乡背井的人，难民、饥民、歹徒，他们都有后精神病，如果我继续写"我"，这个是不回避的。

蓦地，神伤。

张辛欣一直坦诚地面对自己，密切注意各种小说流派的发展并清楚地梳理其发展脉络，也在不停地写。三四年前，她的计划中就有两部长篇小说，一部是科幻小说《IT84》，另一部是她与先生史蒂夫的祖孙三代跨国家族史。

可我完全不同意小说是十九世纪产物的观点，也不认同思索小说的人是傻子。小说在当下有没有各种可能

96

性，当然是小说家关注的重点；究竟有没有人读，则不是小说家需要关心的问题。

以我为例，至今依然爱读托尔斯泰，喜欢《老人与海》，没觉得巴尔扎克的《人间喜剧》与当下有违和感，简·奥斯汀的《傲慢与偏见》并不冗长，我向往梭罗的《瓦尔登湖》，甚至对乔伊斯的天书《芬尼根的守灵夜》有啃的兴趣……身边很多人同样阅读名著，书城大卖场里购书的读者依旧在长篇小说书架前徘徊。

现在读名著是在读古董？或是寻找自己内心的点滴反射？未必。诗都能与远方相勾连，小说怎能自动离席？连小说都不读的人，面目可憎之外，活着还有甚趣味？道理便如此简单，更遑论追古抚今了。小说就是小说，既然十八世纪可以存活，十九世纪、二十世纪甚至二十一世纪依旧有生命力，否则那些重译、再版、加印的名著，为何经久不衰？

时代变迁了，但不成为写或不写小说的理由；阅读趣味改变了，也不成为写或不写小说的理由；信息载体更迭了，更不成为写或不写小说的理由……

其实，这样的问题我们一直在探讨。

前不久我小心翼翼地试探——

有没有一种设想，如果当年你一直写小说，把小说写到底，会怎么样？

她顿了顿，坦率说：

当年写不到底了，我知道自己的创作面临危机，也尝试过小说的各种创作方式，我一直读法国新小说，早在 1986 年就见过最大拿的法国新小说，我觉得笔跟不上时间和思维放射，我自知无力和作家们竞争，我也不和批判对抗，怕坏了我的性情，落得对手的水平，而且我没有批评家的知心批评！昨天我读《纽约客》，詹姆斯·伍兹（James Woods）批评以色列一年轻小说家，读得我好感动。谁能不断懂行地批评我，让我修改着不断地长进？！现在我只能和各种假想的编辑主动地对话，主动修改自己，虽然从一开始我就是这样倾听编辑们的……

第二天，她又补充了"小说写到底如何？"可能涉及的几个问题：小说在二十世纪和二十一世纪是怎样的，小说现在谁读，它是不是走到尽头了……

几经讨论，还是回到原点。

她甚至对别人说过："现在的作家仍然可以坐在那里写小说而不知节制，作家有权利写那么长，觉得没写那么长还不舒服呢，他认为不用改。但是读者真的有耐心读吗？"

不知道张辛欣怎么想的，我只知道，一再与诺奖擦肩而过的米兰·昆德拉，以他的段位，完全可以视诺奖为粪土，然而昆叔不喊"以无获奖为荣"，笔下的小说蛮横地一部接着一部……

还有，"写作上的血脉近亲"张承志始终把张辛欣归为有宗教气质的作家。所谓"宗教"，不就是对文学有一股倔强的神圣情结吗？哪怕你坚持不认为自己是作家，可既然写出了《在同一地平线上》，难道三十多年了还不该有新的长篇出来吗？

还有，张辛欣自认王安忆写作"容易"，她写作"不容易"，为何时隔三十年这种"难易"差距竟跨洋跨海大得没边起来（指创作一部小说的时间长度）呢？

不是不服吗？

还有还有……

这么说张辛欣，肯定是残忍的。她把自己这些年的折腾总结为"我的伪造生涯"。从《我》到《拍花子和俏女孩》，到《选择流落》，到二〇一七年的《我的伪造生涯》，似乎在抢时间，与自己的生命赛跑，紧迫得让别人喘不过气来。

而这一切，源于空洞。她直指核心。

是，空洞。"唯一能治愈空洞的药，是又一部长篇小说。"我扔回一句，自己痛快着。

在《唯一的夜晚》中，张辛欣说她与张承志"也许在这一生里从始至终充满误会（心灵对话）"，而这一刻，我与她的对话完全可能自始至终充满着误会。

在两个点上飞驰，谁，也说服不了谁。

必须承认，其实，我根本不懂张辛欣，只是"我执"地找寻心中那位"失踪"至今的小说家张辛欣。

兄及弟矣，式相好矣

弗朗索瓦·达瓦佑和皮埃尔-亨利·达瓦佑，是一对法国兄弟。

像很多法国家庭一样，达瓦佑家有五个兄弟姐妹。他俩一头一尾，把着两端。老幺与老大之间相差十三岁。哥哥弗朗索瓦上大学时选了哲学系，读至硕士，后改学木工和养蜂术，成为上卢瓦尔省的职业养蜂人，在法国中央高原开辟祺芙露养蜂场。弟弟皮埃尔-亨利上大学时研读了历史和政治学，后成为哲学博士，任索邦大学哲学系教授。

如果不是那一个雪夜，一切都会照常。哥哥继续过着"日出而作，日落而归"的农家生活，弟弟始终在巴黎的学院高墙里与学术共日夜。

二十多年前，冬天，弟弟到海拔一千多米高的蜂场看望大哥。那是一个寒风呼啸的夜晚，大雪挡住了回程的路。兄弟俩围坐在柴火烧得噼啪作响的炉边，喝着暖融融的蜂蜜百里香花草茶，漫无边际地闲聊着。

那一场景，在二十多年后的今天，足以让我们在虚构与非虚构之间遐想出各种可能性，究竟那一只只小小的蜜蜂，是如何让历史的使命感如此凑巧地降临到这一对兄弟身上，以至于此后几十年中，悄悄改变了他们的人生乃至思想轨迹？又如何通过他们将一个有趣的人类命题放进书本这一载体，再煌煌然越洋飘至中国一座南方的城市，与陌生好奇的人们一起探讨蜜蜂与哲学的关系？

造物主总这么神奇，刹那间让偶然决定了必然。

回到高原的蜂场。窗外，风在吼，雪在飘。

与蜂为伴的哥哥挑起的话题当然离不开蜜蜂，他说："坦白讲，我们祖先——食果灵长类动物，在亿万年前就开始跻身于蜜蜂与花卉的共同演化之中，比如，吃完的水果籽粒撒在地上，促进了开花植物的繁殖，蜜蜂在采集花蜜的同时，也为花卉进行了授粉和授精，往复循环。"

弟弟点头："所以蜜蜂与西方思想的关系可以追溯到人类诞生之前。"

哥哥接着讲："阿里斯泰俄斯应该算是史上第一位养蜂人了，他导致了欧律狄刻（俄耳甫斯的新婚妻子）

的死，触怒了众神，使得所养的蜂大量死去。后杀了四头公牛和四头小公牛向林中女仙献祭补救，树林中才又响起蜂群飞舞的嗡嗡声。"

这个著名的希腊神话故事，哲学教授弟弟当然知道。他喝了口茶说："对，其后整个希腊哲学都从蜜蜂身上汲取灵感，开始思考自然、城邦、道德、不朽，以及整个宇宙。"

哥哥深受鼓舞，继续讲："到了亚里士多德时代，蜜蜂则成了名副其实的形而上学向导了，比如在基督教中，蜜蜂就摇身变为一个道德寓言。"

弟弟颇为赞同："简言之，在蜜蜂世界中，可以找寻到人类亘古以来致力思考的重大问题，这在当今世界仍然如此。"

如此，何不共同撰写一本关于蜜蜂和哲学的书？

念头如闪电般，一下子照亮了黑漆的雪夜。兄弟俩精神为之一振，一拍即合。

炉火越烧越旺，蜂蜜与百里香花草茶混搭得如此可口，兄弟俩越喝越舒服。

天色渐亮，雪也开始停了，晨曦中窗外的蜂场渐显轮廓。工蜂们出动劳作，运水、砌墙、搬运食物……

天终于放晴了。哥哥继续留在高原蜂场，弟弟迎着暖阳回到巴黎的喧嚣市区。两人开始钻进旧纸堆里，神话、诗歌、哲学、神学、科学……他们分工查阅浩如烟海的经典著作和文献资料，同时开始了漫长的"阅读、收集资料和撰写工作"，展现在他们面前的，是一个无限宽广的蜜蜂世界。

此后，每逢大雪纷飞的黑夜，便是兄弟俩践行聚谈书本的约定——将各自四下"采集的花蜜"放到一起讨论交流——的时候。

一杯蜂蜜水，一杯花草茶，将窗外的朔风隔绝，屋里暖意融融。

哥哥说："初看蜜蜂是普通的昆虫，其集体行为在理性、道德和智慧方面却登峰造极。古代、中世纪及当代各个时期的文学著作中，人类对蜜蜂的赞誉比比皆是。"

弟弟点头："对，维吉尔的《农事诗》，后来诺贝尔奖得主莫里斯·梅特林克的《蜜蜂的生活》，以及笛卡尔、亚里士多德、莎士比亚、曼德维尔、达尔文、布封等人的很多作品都以蜜蜂为主体。"

哥哥用手比画着蜜蜂的蜂室说："别看这蜂室小，它由一层稀薄的蜡膜打造而成，彼此以一堵薄薄的墙面相连并相隔，合在一起又互相支持，蜂巢的造型均为等边六角形，底下的六边形边角构成了上层六边形的基础，帮助它们承受上边的力量，并保存巢室的珍贵蜜液。我们人类所谓的几何发明不过是蜜蜂的工作方式。"

弟弟由衷认同："蜂巢可对照视为完美的城邦，生物学家托马斯·西雷曾将蜂房比喻为参与性民主最理想的状况。可是蜜蜂不再是一种理想。蜂巢与宇宙有点相似，其意义之丰富，足让我们的感官捉襟见肘。"

哥哥说："蜂巢世界令人着迷，因为它与人类社会非常相似：从蜂巢中可看到城邦、工厂、公共工程工地、兵营、农场、医院、托儿所、修道院等等。"

弟弟点头附和："你看，在政治领域，蜂巢就被诸多政治理论所利用。比如，蜂巢中有蜂后，因而蜂巢被视为自然的'君主制'模式；蜂巢中有工蜂、雄蜂等，因而被视为理想的'贵族制'化身；蜂巢也是'共和制'的典范，因为蜜蜂公民会不惜自我牺牲保卫'共和蜂巢'……"

哥哥眼放光芒："人类在观望这一和谐世界之余，很容易企图'模仿蜜蜂'，以解决人类所面临的问题。"

弟弟紧接着说："这其实是人类必须小心谨慎的地方。"

窗外依旧是凛冽的寒风，屋里照样是百里香花草茶配着蜂蜜，话题汹涌，才思不断。

无数个雪夜，无数次思想碰撞。

每每兄弟俩都为蜜蜂主题绝妙的丰富性震惊不已。

神话中的蜜蜂、宇宙学中的蜜蜂、神学中的蜜蜂、蜂巢中的政治、介于公民社会与国家之间的蜂巢、蜜蜂与授粉型资本主义、超民主蜂群……

话题围绕的是蜜蜂，又不仅仅是蜜蜂，它早已超乎植物与动物、神界与凡界、自然与文化、生命与永恒，那是一个关乎人类生存发展的宏大命题。如此宽泛的话题延展，以至于今日我们回过头，照样可以为兄弟俩的思想交流设想出无数场景、细节和对话，绵绵岁月中以蜂为支点的研究早已涵盖到社会、思想、学术诸多领域，哲思的流淌让雪夜对谈的真实场面变得无足轻重。

对，谁又在乎那一个个晚上谈了什么呢？

兄弟俩又想出一个丰富及拓展主题的办法——定期举办一些讲座，并在索邦大学专设一门关于蜜蜂与哲学的课。

哥哥有着丰富的养蜂经验，他养了二百五十个蜂箱的蜜蜂。在多年的养蜂实践中，尽管损失逐年加大，他却相当笃定，并以蜜蜂寿命为例自我鼓励：尽管蜂寿期很短，最长不过七个春秋，它们却过得非常充实，在无生殖行为繁衍下，如同永恒的原子，生生不息。蜂可以做到的，遑论人乎？

他自二〇〇〇年起在当地开设养蜂夏令营和周末培训班，给中小学生提供养蜂知识和体验。相比之下，他更擅长列举一些蜜蜂常识，比如蜜蜂的寿命有多长、蜜蜂的性别问题、蜜蜂的不同种类、蜂蜡从何而来、分蜂的危害、螯针的袭击、雄蜂的命运、蜂房之争等等，这部分成了书中的《采蜜篇》。

弟弟在与哥哥探讨的过程中，则将更多细节上升到哲学思考的层面。兄弟俩本着写作伊始的信条——"严肃而不刻板"，不辞辛苦地将大量哲学和科学原著里与之相关的内容做了一些遴选简析和注释，这部分成了书中的《集锦篇》。

兄弟俩都是极其认真的人，这期间或邮件往来，或雪夜晤面交谈，在蜜蜂的维系下，渐渐韶华逝去，容颜变化，各自都老了二十多岁。直至二〇一五年五月，一本跨哲学、社会学、生物学、政治学、经济学、建筑学、科学、文学、神学等若干学科的作品《蜜蜂与哲人》最终成书，由法国奥迪尔雅可布出版社出版。此时出生于一九五二年的哥哥已然六十三岁，出生于一九六五年的弟弟也五十岁了。

如果说书的内核是硬实的、密集的，《采蜜篇》和

《集锦篇》则是软糯的、轻松的。庄谐错置，轻重得当，如标致脸蛋的黄金分割，翻之莞尔，读之泰然。新书甫一上市，中产阶层和知识分子互为推荐，争相阅读。有资深读者认为，它立意精妙，视角独特，是一本关于蜜蜂的哲学小书。

在兄弟俩眼里，蜜蜂，已不仅仅是一只昆虫，一个物种，或一具神物。"蜜蜂并不仅仅是沟通人界与动物界、人类与自然的媒介；借助它在花朵上采集的这种物质，蜜蜂将我们与神圣和不朽相连。"他们因之默契地成了"蜜蜂兄弟"。

二〇一七年十一月，蜜蜂兄弟携新鲜出炉的中译本《蜜蜂与哲人》欣然来到了深圳。译者是旅居法国巴黎的蒙田女士。书由资深出版人、傅雷翻译奖得主胡小跃引进出版。

当我们叽叽喳喳地围绕于左右，多少有些"无知"地询问各种蜜蜂知识时，兄弟俩更愿意将其放进整个西方思想史中，放进"蜜蜂如何造福人类""蜜蜂社会与人类社会有何相似性"等深层次问题中来作解答。

经过二十多年不断探讨、修正的哲学议题，早已成熟得如同工蜂酿成的蜂蜜，无需冷藏保鲜，他们对此了然于胸，出口成章。正如前一分钟他们张口就来："谷歌如一个养蜂人般，向蜜蜂提供一个生态系统，让蜜蜂在毫不迟疑的情况下为它工作，在催生知识性授粉的同时，利用所有授粉的痕迹和汇集的信息……"后一分钟张口又来："蜜蜂一八七二年就入住巴黎卢森堡公园，一九八三年盘踞巴黎歌剧院顶层，二〇一三年占领巴黎圣母院和国家议会……"

与蜜蜂相关的祖宗八代都被刨根问底一番，"蜜蜂兄弟"无所不知，知无不言。难怪新书研讨会前，策划该书引进出版的"幕后操手"胡小跃老师乐呵呵地提醒："你们不必发言，他们自个儿就是话痨。"

书本上的题签，弟弟写道："追随蜜蜂，飞向智慧。"哥哥随后附上："在花朵上嗡嗡。"像极了分工合作的工蜂，标准的兄弟"二人转"。

想起《诗经》："秩秩斯干，幽幽南山。如竹苞矣，如松茂矣。兄及弟矣，式相好矣，无相犹矣。"此处正好。

让时间站在自己一边，不疾不徐

十二月的夜里，郑州气温零摄氏度左右。

朔风中，戴大洪与我们一起步出松社那幢老电影院大楼，走向停车场。

角落里停着一辆旧自行车，戴大洪拉紧身上的羽绒服，上前开锁。我想起手拎包里有手套，虽然是小码，但也许能派上用场。戴大洪哈哈笑说不用。来之前他循例跑了步，这个坚持了二三十年的习惯，让他拥有强健的身体和坚强的意志力。相互道别。我们这头上了汽车，他推着车往东骑了去。车里暖气很足，才发现自己冷得直发抖。望着车窗外清冷大街上寥寥的骑车者，想起卡尔维诺的《寒冬夜行人》。

二〇一三年，"深圳读书月十大好书"的"年度致敬译者"是戴大洪，那年他的代表作是《古拉格：一部历史》。很多人对他从二流足球俱乐部的总经理一跃转身成为一流"翻译家"大为不解：且不论中间跨界跨度之巨，单纯从知识储备、语言功底、文学修养方面论，绿茵场上粗犷的"舞者"怎能与外文堆里细腻的、爬梳甄别的文字歌者相提并论？发表获奖感言时，戴大洪五大三粗，往台中间一杵，似乎不屑于豪言壮语。

他并不是一鸣惊人的新晋译者。《古拉格：一部历史》之前，译了《第三共和国的崩溃》《雷德蒙·卡佛：一位作家的一生》。以年头计，如果从二〇〇六年他卸任建业足球俱乐部总经理、建业集团副总裁后选择从建业辞职，由此开始正式进入翻译界计算的话，他无疑是一名翻译新兵。可如果回溯到二十世纪八十年代他在北京工业学院上学，某天骑车路过新街口，脑子一激灵——也许可以翻译点什么……那以后有意无意买入英汉辞典、法汉词典、俄汉词典、西汉词典、德汉词典，以及姓名译名手册、地名手册和世界地图集等各类翻译参考书（单姓名译名手册就有英语、法语、西班牙语、意大利语、德语、俄语、葡萄牙语、罗马尼亚语十多种），把这个长长的基础铺垫算作翻译前奏的话，戴大洪可谓译界资深潜水员。

他，在译界自有"牛"的资本。至少我是这么看的。

二〇一七年寒冬，在松社二楼老板刘磊的私家茶室，戴大洪一直说着河南普通话，自深圳一别，四年后郑州相聚完全是机缘巧合。前一晚，松社酒教人醺，无比开阔的天地里，老板刘磊的手机开始拨出各种电话，其中一个打给了戴大洪。一通云里雾里之后，实在的戴老师第二天夜里如约来到了松社。他从布包里掏出博洛滕所著的三卷本《西班牙内战》，它像一块厚重的红彤彤的砖头。

他目光炯炯，诉说着博洛滕：这个人呵，一辈子就干一件事情，进行的是一个人的战争。他单枪匹马挑战整个史学界，可以说他没有打败任何人，但其他人也无法打败他，只能假装没看见他。

我猜，如果博洛滕在天有灵，估计这会儿挺温暖的，他做梦都想不到，书出了半个多世纪之后，人也作古了三十年，竟然在大洋的东边，有一位译者如此深入地理解他，深刻地剖析他，甚至深切地怀念他。

戴大洪怕我对此知之甚少，进一步补充：

奥威尔的非虚构作品《向加泰罗尼亚致敬》，写的是他本人去西班牙参战的经历。《西班牙内战》实际上为奥威尔提供了历史佐证。到今天为止，《牛津通识读本》系列丛书里的《西班牙内战》一书还在质疑乔治·奥威尔，说他的描写有夸张之处。但伯内特·博洛滕的书证明，乔治·奥威尔一点也不夸张。

我点点头。奥威尔算是俺家的"好朋友"（家里珍藏了他作品的若干版本），必须竖着耳朵听。

觉察到来自听者如我的兴趣，戴老师进一步打开话匣：坊间关于西班牙内战有很多著作，除了博洛滕的作品外，还有休·托马斯的《西班牙内战》，以及斯坦利·佩恩的《西班牙内战》。休·托马斯的《西班牙内战》之所以出名，除了对那一场战争有全景性描述之外，也得益于其客观的写作风格。佩恩的书里第十六章叫"内战中的内战"，在叙述共和派内部这段历史时采用的仍旧是传统的观点。他如果想用新观点，就只能使用伯内特·博洛滕的材料。

戴老师在翻译过程中已成功地把自己与博洛滕的竞争对手的关系发展成敌我关系。"所以，他采用的只能是传统的观点，无法有新的发展。"

我点点头。

"博洛滕关于西班牙内战的研究至今仍然不被主流学术界所认可。……我从伯内特·博洛滕身上看到，世界上也有像我这样的人，孤独地做着自己喜欢的事……"

戴老师声音低沉了些许，明显带着点寂寞，替博洛滕，似乎也替自己。

我默默拿起略带寒意的三卷本《西班牙内战》，

一百多万字，单凭厚度和重量，它就足以令人却步，遑论书中所使用的资料数量之巨、范围之广，这太考验读者的耐心和注意力了。

这本二〇一六年出版的书，竟差点与我擦肩而过。

全书一共六十六章。从二〇一四年四月二十五日翻译开始，一直到二〇一五年十二月十八日翻译完毕，不到两年时间。说起时间，戴大洪可以精确到年月日。说起数字，他可以精确到小数点。"译得很慢，从前每天译两千字，现在每天只能译一千字。"

与博洛滕相比，眼前的戴大洪更有趣。不只是他的记忆力、忍耐力令人惊叹，还有他可以自由地把控一个度，将时间过成自己的，能做到这一点的人，很少。

我不由自主地打量起眼前的戴大洪。

关于他的故事，各种报道都或多或少还原了。比如，非英语专业出身的他拿着字典上路，类似"半路出家"的业余选手，却比科班更有优势，因为"他的翻译跟其他译者确实不太一样。一个英文词可能有不止一个意思，有的作者英文太熟了，想到的往往是第一个意思，就忽略了还有别的意思。戴大洪不那么熟，他需要去翻字典，一个一个地比对，作者在这里用的意思也许恰恰不是第一个，而是第九个"（止庵语）。

也正因了业余，他知道翻译之前要先把基础知识搞扎实。据说译《第三共和国的崩溃》的时候，他把《第三帝国的兴亡》、戴高乐写的《战争回忆录》、丘吉尔写的《二战回忆录》、塔奇曼的《八月炮火》等相关书籍穷览一遍；译《雷蒙德·卡佛：一位作家的一生》时，把卡佛小说的译作通读一遍；译《古拉格：一部历史》，把索尔仁尼琴的《古拉格群岛》及相关书籍分析一遍；译《陀思妥耶夫斯基》，把第一卷里提到的所有陀思妥耶夫斯基的小说以及巴赫金的《陀思妥耶夫斯基诗学》都收入囊中；译《西班牙内战》，更是把所有能找到的与西班牙内战相关的书籍都一网打尽。《第三共和国的崩溃》光是他译出的索引就占了将近一百五十页，"对于中国读者，这些内容也许不是很重要，但是对于这本书它们的意义非常大，表明这本书的分量和可信度"。

也就是说，他要先搞清楚原作所处的时代背景、历史氛围、政治环境，相关作品及其论述，自己心底里先有清晰的图谱，然后才开始动笔。所以，翻译的时候，他一再求证。当《雷蒙德·卡佛：一位作家的一生》中的"雷德河"（Red River），被编辑直接改成了"红河"，他痛心得直想抗议："地名的翻译首先要与地图一致，必须让有心的读者在地图上可以找得到，其次是与地名译名手册一致，地图和地名手册一般都是一样的，个别情况稍有不同。另外，改成'红河'不但在美国找不到，说不定还会与越南的'红河'相混淆。"

万圣书园创始人刘苏里称戴大洪是一位追求译文精确的"超级原教旨主义者"，给翻译界带来一股沉静之风。

很多人会将同一个标签贴到戴大洪身上，那就是"堂·吉诃德"，包括他的挚友止庵。

止庵曾有两篇文章专门写戴大洪，一篇是一九九八年二月三日的《寄河南》，一篇是一九九九年七月二十一日的《"悲观的理想主义者"》。前者说他们因买书相识，交往的历史十之八九是"结伴买书史"。"平时并无多么密切的往来，即使往来也只是干干一同买书这样无关紧要的事；然而我一旦有什么难处，就会想到能靠得住的是那个被我真心视为朋友的人。"戴大洪便是止庵真心视为朋友的人。后者是对戴大洪作品《与风车的搏斗》的评论，其中一句："有人说，戴大洪使人想起'与他同样瘦长的堂·吉诃德，骑着瘦马，挥着长矛大战风车之悲壮天真'。对于那位孤独的骑士，尽可以嘲讽他抑或悲悯他，但是谁也无法断言他的搏斗是无谓的。"言语里充满爱护和维护。

他俩对书的品位、治学态度的严谨专一和较真，如出一辙。

这就不奇怪戴大洪说："我和止庵做朋友三十多年，他对我很了解，也信任。我现在译了五本书，事实上这些书都跟止庵有关。"

我好奇地梳理了一下戴大洪译书的开端及发展，发现止庵的身影伴随其中。

这要追溯到二〇〇六年，止庵在为撰写《周作人传》搜集资料时，意外发现了周作人的自编讲义《近代欧洲文学史》。"校对过程中我发现，由于当时国内外国文学译介的状况，周作人提到外国作家和作品时，大都用的是外文，这本书里大概涉及十种以上文字，英语、法语、德语、西班牙语、意大利语、波兰语、拉丁语、希腊语、俄语……因此，若是要给当代读者阅读的话，光是校对还不够，应当给予必要的注释……戴大洪手边有原版的《美国百科全书》和《不列颠百科全书》。"止庵想出版此史料，便找戴大洪将其中的外文校对并注释一下。当时戴大洪刚卸任建业足球俱乐部总经理，有点闲暇。于是，止庵主持，戴大洪协助，两人合作完成了《近代欧洲文学史》的校注。

也是这一年，止庵时任副总编辑的新星出版社，买下了威廉·夏伊勒的《第三共和国的崩溃》的版权，一位译者译了三分之二就不干了，剩下的三十万字怎么办？止庵又找到戴大洪。如此，尝试译完后戴大洪忽然觉得自己能做译书的工作了，他意犹未尽地又将前边的部分重译，最终这部翻译处女作在二〇〇八年诞生。"如果不是止庵，谁会相信一个非英语专业的译者呢？"

此时戴大洪正式从建业集团辞职，真正开始了自己的译书生涯。年近五十一岁的他开启了人生的第二春。

翻译的第二本书是《雷蒙德·卡佛：一位作家的一生》，其实当时戴大洪正在译《古拉格：一部历史》，但书的版权没落实。止庵便劝他先译卡佛，等《古拉格：一部历史》一书有了版权再继续。后来《古拉格：一部历史》成了他翻译的第三本书，译作获得颇多殊荣。

第四本书是五卷本的《陀思妥耶夫斯基》。据说二〇一一年年底止庵在网上跟读者交流，读者问他喜欢读什么书，止庵回答，我想读一本关于陀思妥耶夫斯基的传记，写得详实，内容丰富。这话正好被上海贝贝特的编辑魏东听到了，他插进来说，他有这么一本书，找不着译者。止庵便推荐了戴大洪。

第五本便是三卷本的《西班牙内战》。某天止庵与戴大洪说，他想了解的有几件事，一个是西班牙内战，一个是麦卡锡主义。恰好戴也一直比较留意这方面的书。二〇一二年年终，新星出版社开选题会，戴大洪便推荐了《西班牙内战》。当时他手里有两种本子，一种是伯内特·博洛滕的作品，一种是休·托马斯的作品，都是一百多万字的体量。后来他选定了博洛滕，开始了这一艰难的征程。

止庵说起戴大洪，以"盛德"高度评价："我因为这些年来喜欢写些东西，怎么说也有那么点儿'工作需要'；在他则全然是一种爱好，从来没有在文学上有所作为的愿望，我想一个人能把纯粹的爱好坚持这么多年，而且兴致与当初丝毫不变，这真可以说是一种盛德了。"

对他有类似概括的是老六张立宪，他在《闪开，让我歌唱八十年代》中曾写道："戴大洪是个雄辩的人，当年给中国足坛掀起一阵阵风浪，最终发现他的滔滔辩才没解决任何问题，……就把力气用在了DVD上———他给自己做的DVD数据库是俺见过的最专业的，光是片名，就包括外文原名、香港译名、台湾译名、大陆译名、其他译名，以及他认为应该如何翻译的名字。"

或许这便是戴大洪的有趣之处。

正如他坐在我的对面，一腔河南普通话滔滔不绝，真诚、实在、执着。如果不是刘磊屡屡抬起手表看时间，急着打烊，我真希望松社茶室的灯光可以一直亮到地老天荒，就像戴老师，任性地让时间站在自己的一边，不疾不徐。

有阳光的下午，闲闲地喝点酒吧

我们坐在露天的椅子上，抿一口绿茶，嚼几粒花生杏仁，开几句玩笑，任暖阳斜照，微风吹拂。这是深圳二月底的一个下午，莲花山下书吧的一角。抬眼，绿色，低头，绿色，连呼吸的空气，似乎也是沁人心脾的盎然绿色。桌子露了一角，留着一个没有倒茶的杯子，以及桌前空着一张椅子。是的，等主角呢。

就这么无边无际地聊着。可里边的采访迟迟没有结束。中间我起身过去看了一眼，他们正热切地聊着。好吧。

我们继续无边无际地聊着。终于，一阵风刮起，传来一个软软糯糯的声音：呀，你们都吃上了，怎么可以这样？

陈丹燕老师旋即来到跟前，鼓起腮帮一副嗔怪的样子。嘿嘿，她才不示弱呢，糯糯的声音又响起：酒呢？上酒！

好家伙。我们喝的茶，她来了就直接上酒了。千辛万苦跟着她坐飞机来的两瓶酒，一瓶香槟，一瓶红酒，变戏法般被拿了出来，她对服务生说，用冰桶冰上，先白的后红的。

那就喝起来吧。

阳光又扑了过来，一层金色盖在绿色草坪上。澄蓝的天，水洗过一样。上午还飘着小雨，现在雨过天晴了。摇着高脚杯，一口冰酒下去，肺腑烧了起来，直通脸颊。嗯，在这样有阳光的下午，还是闲闲地喝点酒吧。

一

糯糯的声音，至今还回荡在我的耳边。这是陈丹燕特有的声音。她细声慢语地说着话，眉宇间温文尔雅得让你不由自主语速放慢，脚步放轻，连演讲中侧脸或签售时低头，都处处"柔情万丈"，以至于读者席上举着手机拍照的我，过后翻看关于她的每一张照片都不得不感慨自己摄影水平之"高超"。

就像曾经历战乱的塞尔维亚人说的，别人端着枪来，你总不能拿着吉他去会他。趁别人还没亮出枪时，赶紧先在阳光底下好好喝一杯咖啡吧。

121

这话是陈丹燕说的，她有绝对的发言权，一个花了四年的时间捧着《哈扎尔辞典》，追随着帕维奇的足迹进行深度阅读并写出《捕梦之乡——〈哈扎尔辞典〉地理阅读》的人，当然说啥就是啥。中心书城活动那天，我盯着屏幕上她与伙伴们所拍摄的宣传片，看得目不转睛，过后发现脖子酸了。也正因她的写作和努力，二〇一六年十一月十五日，塞尔维亚国家旅游局任命陈丹燕为塞尔维亚在中国的旅游形象大使。

塞尔维亚很穷，每月人均收入约两百欧（相当于两千元人民币不到）。随处可见这样的横幅或标语："你要炸我吗，不炸的话我就开始漆栏杆了"（大意）。尽管轰炸声声，炮火下的生活还要继续。让陈丹燕难忘的是一个村庄，村庄里立着若干路标，路标上有的指向中国，标明此处距离北京九千多公里，有的指向莫斯科，有的指向维也纳，有的指向伊斯坦布尔，指向柏林……"这是一个灾难重重的国家，但他们有着对整个世界的关怀。"

坚强，乐观，苦难深处不乏笑声——这是陈丹燕所喜欢的，也是她行走的理由。这些天，网上一张图片迅速走红：叙利亚阿勒颇，一位白发苍苍的老爷爷，端坐在被战火炸得满目疮痍的卧室里，抽着烟斗，悠闲地听着幸存的黑胶……此情此景，正是她所描述的捕梦之乡里阳光下的咖啡时光。

　　什么时候，陈丹燕开始了自己的旅行文学世界？她走遍了旅途中的咖啡馆，写出了《咖啡苦不苦》；走遍了旅途中的博物馆，有了《往事住过的房间》；体验了旅途中借宿的单人床，有了《今晚去哪里》；走过极地，有了《北纬 78°》。与先生陈保平旅行俄罗斯，各自不同的两本日记成了《与爱人去俄罗斯》；与女儿十五年间一起旅行，于是《走呀！》成了女儿大学毕业典礼上的礼物……所有的旅行感悟，汇聚成了《我的旅行方式》和《我的旅行哲学》，她说："这些书都关于旅行，却不是游记。"

　　二十世纪八十年代，她曾经是儿童文学的代言，而后，是少女文学的代言，九十年代，著名的上海三部曲《上海的风花雪月》《上海的金枝玉叶》《上海的红颜遗事》让她成为"上海书写"的代言、都市文化的代言，现在，她俨然成了旅行文学的代言。她始终属于不安分的那一分子——自我突破，行走在边缘；又似乎是一个没有长大的女孩，始终带着梦，被书引领着将触觉伸向世界文化多元的角落。

二

《捕梦之乡——〈哈扎尔辞典〉地理阅读》《驰想日——〈尤利西斯〉地理阅读》是她新近推出的两部行走作品。

陈丹燕说，世界如此丰美，要不是为了帕维奇的《哈扎尔辞典》，她不会来到贝尔格莱德。

《哈扎尔辞典》卷首写着："虽则屋宇本身早已被履平，影子居然对着伏尔加河水迎风而立。"像一种冥冥之中的魔力和召唤，陈丹燕来到帕维奇的故乡贝尔格莱德和巴尔干半岛，开始了自己的阅读、行走、写作和拍摄，从一年一次到半年一次，她不由自主地深深爱上了塞尔维亚这个国家。

在帕维奇家中，她和帕维奇夫人一起喝椴树花茶、伯爵茶，看帕维奇生前的藏书、作品的各种译本、帕维奇所买的巴洛克式的单柄镜子、写作用的羽毛笔、闻名于世的烟斗，翻阅帕维奇写作时的笔记，浏览他在写作间隙为自己画的大量工作速写、涂鸦、侧脸自画像。帕维奇喜欢用各种花哨的笔记本记录各种灵光闪现的时刻，帕维奇夫人说他内在是一个浪漫的人。然而，翻开笔记本，一九九九年只用了一页，上边写着："三月，轰炸开始了。"

帕维奇于二〇〇九年去世，身为学生和妻子的帕维奇夫人恢复了孤单的生活。他们的爱情中，有一个苹果的故事。一九九九年，北约开始轰炸，帕维奇一家总是躲在饭厅和起居室之间的门洞里，那是家里最安全的处所。为安慰太太，帕维奇会削一个苹果给她吃，告知她一切终会过去。七十八天的轰炸，让塞尔维亚最终从科索沃撤军，而随之而来的经济制裁使塞尔维亚成为一个举步维艰、在夹缝中生存的小国。轰炸声下，帕维奇依然继续他的创作，经历这些事件后的塞尔维亚与帕氏的创作高度契合——这里曾经有过的和平稳定，已走到了消弭的终点。陈丹燕特地给帕维奇夫人带去了一个青苹果，她知道，苹果象征着爱情，如今这对帕维奇夫人来说则是一种甜蜜又苦涩的回忆。

在帕维奇生前卧室的床上，陈丹燕读完词典中描写"捕梦术"的一章，正如她到伊斯坦布尔的佩拉宫酒店（帕维奇住过的地方，他在小说中故意将其改名为"金斯敦酒店"），在吃早餐的四方院落里看完小说的最后一个故事——"伊斯坦布尔的故事"。

帕维奇总用一种理所当然的简单直接来描写小说中那些超现实的细节，这种手法容易给读者带来一种幻觉，好像自己也能轻易在现实中目睹一样。陈丹燕从幼年起就对在自己身上寻找虚拟世界与现实世界的交叉乐此不疲。于她而言，阅读，是一个体弱又孤独的小女孩在她能力范围内所能找到的滋养生命的最佳形式，至今不变。

所以，当她在塞尔维亚的薄雾中展开阅读时，突然便云开雾散，帕维奇的迷宫、隐喻、穿梭、奇想、互文，甚至掉书袋，都不过是他自己的塞尔维亚的故事。陈丹燕糯糯地说："贝尔格莱德的橱窗好像一架望远镜，让人看到它被全世界有意冷落的那些价值观。"

迷人的杂乱和多元，确实是帕维奇小说丰富的土壤。《哈扎尔辞典》里阿捷赫公主有两面镜子，一个慢镜一个快镜，慢的看过去，快的看未来，如果同时看，则必死无疑。辞典中种种隐喻和精彩评论都从魔鬼嘴中说出来。陈丹燕说，"帕维奇只顾写地狱，忘记了天堂"，"与其说我们在读一个消失的民族传说，不如说在了解一个现实的故事"。

读小说就像在做梦，很多人都亲身经历，只不过，别人做做梦就算了，陈丹燕非要沿着梦境的地理去找寻真实的存在。她不单"约会"了帕维奇，还"约会"了爱尔兰作家詹姆斯·乔伊斯。

在《驰想日——〈尤利西斯〉地理阅读》，陈丹燕踏着布鲁姆在一九〇四年六月十六日的足迹，对一九〇四年的都柏林与二〇一三年的都柏林进行了笔下的对照。每年六月十六日的布鲁姆日，《尤利西斯》和乔伊斯让都伯林（现在活动已拓展到全世界）这座城"满城文艺，满城意识流"。在《尤利西斯》纪念活动上，陈丹燕见到作家托宾、吉根、弗兰克·奥康纳，还有约瑟夫·奥康纳，还有弗兰克·凯利……她说，每个人上去朗诵，下一个小时，朗诵会接力到下一个时区的国家。而她，花了足足九年的时间，写成了《驰想日——〈尤利西斯〉地理阅读》，之所以这么慢，是因为"读完《尤利西斯》的心情，一半是怀疑，一半是不舍得"。

三

说起来也真的厉害，陈丹燕踏足爱尔兰写下的《令人着迷的岛屿》，让爱尔兰旅游局于二〇一〇年根据此书专设了中国游客文化旅行路线，爱尔兰总统麦卡利斯亲临该书的发布会并做了专题演讲。

写哪个国便代言了哪个国，这是怎样的魅力？

"如果没有旅行，我可能还是一条小溪，可能很清澈，但不耐脏，这二十年的旅行让我学会忍耐，让我宽容，让我学着去理解别人，学着容忍生活当中很多的缺憾和遗憾。……是旅行让我变成了一条河。"

糯糯的声音又响起。一九九一年，陈丹燕《女中学生之死》的日文版由日本福武书店出版发行，其后再版七次，被日本儿童文学协会选入"二十世纪最好的一百本世界儿童文学作品"。就是这笔稿费，让她首次开启了国外自由行走之旅。此后，她如法炮制，以国外的各种版税作为自己旅行的费用，深入非中心的边缘地带，为文学和写作探寻原创的丰富的营养。

她开始爆料途中的"糗事"，拿她的书的责编，也是《君士坦丁堡最后之恋》的译者曹元勇打趣："我们见了帕维奇的太太，她瞪大眼睛说，呵，跟我通信的是'she'（她），不是眼前的'he'（他）。"曹元勇在早前与帕维奇夫人的邮件联系中，语气措词文雅有礼，帕维奇夫人一直以为他是女性，可出现在眼前的竟然是一位男士。哈哈。"其实在塞尔维亚人脑子里，性别是多层的，有时是'she'，有时是'he'。"

深圳活动的现场挤满了读者。一位男性粉丝十四岁在东北的小镇看了《独生子女宣言》，没想到二十年后在深圳遇见了心中的偶像，他站在听讲席喃喃表达了自己的致敬之情；还有一位中年读者，激动地唱起了南斯拉夫民歌，电影《桥》的主题曲《再见了，姑娘》，献给记忆中的那个年代……

去塞尔维亚吧，免签证，持有中国的普通护照可免签滞留塞尔维亚三十天……

我望着她。她身形羸弱，声线柔和，可，眼光笃定。

真的，可以坐在阳光底下喝咖啡……

糯糯的声音，真好听。我上网查资料，介绍写着："陈丹燕，祖籍广西，蒙古族。一九六六年在上海上小学，因为口吃，极少有朋友。"

丹燕老师，下次我们一起喝咖啡，一起喝酒吧。

勇于挑战帕维奇的人

　　喜欢帕维奇的人可能不少，直接挑战他的可能不多。

　　曹元勇算不算一个？

　　他说，自己所做的，是为了"致敬帕维奇"。

　　致敬的方式很多，比如翻译。这是曹元勇选的一条艰难崎岖的路，荆棘丛生，险境重重，耗时费力，甚至事倍功半。可缘分的种子，早在二十年前就埋下了，那一晚，还没走出学堂的曹博士，正摇晃在开往广州的列车上铺，翻阅着一本文学杂志《花城》，一篇题为《哈扎尔辞典》的小说节选翻译把他带入了一个奇怪的世界，令他如触电一般，那世界正如后来他不断引用的那个梦境——库斯图里卡的电影《生命是个奇迹》中那头失恋的小驴子，流着眼泪站到铁路上；《天方夜谭》里的飞毯，被托着飞翔在豁然开朗的文学山河上空。而此刻，广州，求职，通通已变得模糊不重要，这世上还有这么神奇的小说，这么神奇的国度，这么神奇的作家，帕维奇！这个名字瞬间点亮了曹元勇的内心世界。

如果帕维奇先生活到现在，绝对是一个拥有互联网思维的文学大师，甚至走得更前。早在三十年前，帕维奇非要把笔下扁平的文本变活，让白纸上的小黑字一个个蹦跳起来，想出词条的方式，考验读者的阅读力、想象力和理解力，任其在迷宫里摸索，每个词条犹如迷宫的入口，读者可以翻开任何一页，或选中任何一个词条，顺着读，跳着读，如果有本事反着读逆着读，也可以。为此，有好事者按排列组合的原理，竟算出如此一来《哈扎尔辞典》有二百五十万种读法（当然，这个数字较为可疑）……而老帕唯一的念头是，终止线性阅读，不让读者的惰性增长。

天啊，作家的使命是什么，帮着社会培育高智商、反应快捷的阅读群体么？

要知道，那一年是二十世纪八十年代初的一九八四年，当下的很多读者还未出生。老帕估计也没有料到，十多年之后，他的作品来到东方之滨另一个社会主义国家，在文学界掀起了波澜。一九九六年北大教授张颐武撰文批评小说家韩少功的《马桥词典》抄袭了《哈扎尔辞典》，此文引发了韩少功对张颐武的诉讼官司。也正是这场官司，让国内读者开始注意《哈扎尔辞典》。

一九九八年十二月，上海译文出版社正式出版了由石枕川、戴骢、南山三位译者合译的全本《哈扎尔辞典》，新书甫一上市，就被抢购一空。此后，《哈扎尔辞典》多次再版，阴本、阳本，各种名头，总之，几百万种的读法成了出版社不断出版的源泉。而老帕这种烧脑的做法，让富于挑战精神的曹元勇深深着迷。

曹元勇的着迷绝不是一时冲动，沉稳的个性也不容他做出如此轻率的举动。直觉告诉他，伟大的作家总能推陈出新，不断超越自我。不出所料，《哈扎尔辞典》诞生十年后，六十六岁的帕维奇推出了长篇小说《君士坦丁堡最后之恋》，这次大师玩起了塔罗牌游戏（在塞尔维亚，据说借助塔罗牌可以预测未来。塔罗牌系统一共有七十八张牌，其中大阿卡纳牌有二十二张，解释人的命运，小阿卡纳牌五十六张，辅助大阿卡纳牌进一步解释命运的趋势），把整本书节制有度地写成了二十二个故事，与二十二张大阿卡纳纸牌相对应。一张纸牌对应着书中的一个章节，阅读时既可以按照正常的顺序读，也可以随便抽取一张牌，从对应的章节开始。各章节可以彼此独立，互相之间又有关联。当然，也可以把纸牌完全撇到一边。一九九四年写成时，帕维奇说了一句，它可以当成计算机纸牌游戏中的某一种。而那一年，中国计算机市场份额仅占世界计算机市场的百分之一。联想、王码、海华、北方、长城等电脑公司刚刚争先恐后推出一批家用电脑，产量少，网速慢，用户寥寥。"人不应该害怕这样的未来——数字化叩响写作者的房门。我对这样的未来满怀期待。"巴尔干半岛的帕维奇已预见到未来计算机世界的发展，也预见到计算机对作家及写作的影响。

可惜的是，帕维奇的创作时间也是生命时间停止在了二〇〇九年，他享年八十一岁。他可能不知道，身后的世界会数字化到了一发不可收的地步。

相伴随的是，仅有"一念之遇"的曹元勇开始了他的致敬之旅——

帕维奇去世三年后的二〇一二年，曹元勇第一次到美国。在纽约的思川书店，书架的最上层齐齐摆放着《哈扎尔辞典》《风的内侧，或关于海洛和利安德尔的小说》《茶绘风景画》三本帕维奇的书，定价都是七块五美元，"就像某人寄放在那儿的礼物，等着我千里迢迢赶来领走"。曹元勇一阵激动，如获至宝。那年岁末，美国的两个朋友又特意给他寄来了英文版的《君士坦丁堡最后之恋》和《贝尔格莱德简史》。就在那时，他产生了翻译帕维奇作品的念头，似乎有一种冥冥之中的约定，等着他去完成。

　　更有意思的是，二〇一三年，土耳其的"太平洋贸易和文化咨询公司"策划了一个邀请一百名中国人访问伊斯坦布尔的计划，联系了陈丹燕老师，应允她另外邀请两三人同行。陈老师便找到了曹景行先生和曹元勇。当时，曹元勇刚把英文版的《君士坦丁堡最后之恋》通读了一遍，知道在小说的最后章节，帕维奇让几个主要人物会聚到君士坦丁堡，并在那里完成了他们的宿命。"若能在正式着手翻译之前，先到伊斯坦布尔——曾经的拜占庭世界的都城去看一看，于我当然是求之不得的好事。"于是，各负使命，一起走进了土耳其。

　　二〇一七年伊始，《君士坦丁堡最后之恋》作为上海译文出版社引进的第二本帕维奇作品出版，一个厚实的青花瓷书壳里边（据此书责任编辑龚容说，因为波斯土耳其有个年代的瓷器类似于青花矾红彩，所以采用青花瓷书壳），置放着一本神书、一张古君士坦丁堡全景图（一四九三年）、一副拜占庭塔罗牌，精致得让人打起精神之余又不忍心随手翻看，生怕一不小心就碰坏了哪个书角或扯裂哪个纸版。我作为孤陋寡闻的读者，确实不够熟知"翻译家曹元勇"，因为，"出版人曹元勇"已经很有名了。

资深出版人曹元勇，一直跟草婴译十二卷《托尔斯泰小说全集》、诺贝尔文学奖获得者莫言作品系列（十六卷）、张承志的文集（十二卷）、阎连科的《丁庄梦》、格非的《春尽江南》，以及其他一些当代实力派作家的作品紧密联系在一起，也因此闻名。有意思的是，一九九八年曹元勇第一次与莫言见面，所谈内容便涉及帕维奇的《哈扎尔辞典》。

翻译家曹元勇，曾经默默翻译出版了《海浪》《马尔特手记》等作品。帕维奇的作品中，曹元勇先翻译了《君士坦丁堡最后之恋》，虽然只有七八万字，篇幅不算长，但他译得可谓小心翼翼。"它不单是一部战争背景的爱情小说，里面存有很多复杂的东西，你可以深究里面的神秘色彩，也可以按图索骥地寻找拿破仑战争的秘史。到后面随便抽出一章看，你会发现它其实很复杂，很多细节埋伏在不同章节里面。就像讲一个人的命运，前面走的路早已有很多暗示，只不过在走的过程当中没有注意。"

所以，他必须攻克很多翻译难题，"主要依据英文，再根据法语，有些地方实在搞不懂，再查着字典，看看塞尔维亚语"。帕维奇先生的遗孀，雅丝米娜·米哈伊洛维奇女士是曹元勇通过电子邮件请教的重要对象，雅丝米娜不仅就书中一些罕见的知识点、难解的隐喻表达和塞尔维亚民间表述，耐心细致地向他解释，还让他了解了基督教文化里的一种观念：上帝与名词联系在一起，魔鬼与动词联系在一起。她告诉曹元勇："帕维奇本人经常建议他的译者照原文的样子去直译，只要你这样做，你的译文就会是理想的，因为语言中特别的东西——那些让读者惊讶、让读者反复琢磨的词句——都会得到保留。"

曹元勇在讲座中或是接受媒体采访时多次讲到，南斯拉夫是世界上少有的"存在过两次的一个国家"，或者说是少有的曾经以两个化身存在过的国家：一个化身是在第一次世界大战后诞生的南斯拉夫王国，另一个是在第二次世界大战后诞生的南斯拉夫社会主义联邦共和国。无论在这个国家解体前还是解体后，出生在这里的作家、艺术家往往都有一颗让人惊叹的头脑。

《君士坦丁堡最后之恋》出版后，很多帕维奇的爱好者纷纷解读。学者郭建龙写道："将故事切割成片段，与某种特定的结构相合，这种写作技巧并非帕维奇所独自使用，已经被善于进取的作家们多次尝试。这种写法到了帕维奇手中达到了更加完善和运用自如的境界，彰显了结构主义大师信手拈来的功力。"

帕维奇之前，卡尔维诺也写过塔罗牌小说《命运交叉的城堡》。卡尔维诺预设进入密林之后，大家都丧失了言语能力，只能通过摆放塔罗牌的方式来表述自己的经历。学者止庵早就认为，世界上可以与帕维奇相提并论的，只有博尔赫斯和卡尔维诺。

要挑战"让人惊叹的头脑"，首先必须具备一颗可以挑战让人惊叹的头脑的头脑。帕维奇受建筑师父亲的影响，非常重视文学的建筑性，试图提升读者在一部小说的"创造"过程中的角色和责任，小说中有关情节选择和情境发展的决定权都留给了读者，让他们去决定阅读从何处开始，又在何处结束。也就是说，帕维奇更希望一部作品是作者与读者共同完成的，作者不仅仅生产内容，而且让内容呈现在读者面前时能产生和发挥裂变的作用。读者不再仅仅是被动的接受者，不能只是被作品所牵引而不承担责任。同一部作品并不是单一的，不同的读者眼中有不同的作品，有几亿个读者，它就可以变成几亿部作品。所以，他认为天才的读者永远比作家多。曹元勇将此拓展为：天才的读者永远比翻译家更多。回到《君士坦丁堡最后之恋》这本书，他说："好像根本读不完。"

当年莫言获得诺奖后，有人问曹元勇："你很早就签下了莫言所有长篇小说的版权，如今他拿了诺奖，成就感会不会增加？"（我则想问：他获奖后作品疯卖是不是赚钱赚得手软？）

曹元勇回答："莫言得了诺贝尔奖，但诺贝尔奖就能涵盖莫言的价值吗？对我来说，满足感来自你的某个信念成了现实，或者你尽了最大努力参与其中，并不是通常意义上的成就，主要还是精神上的。"

《君士坦丁堡最后之恋》从内容到形式都是精品，随后上海译文出版社还将推出《风的内侧》，曹元勇翻译的老帕的另一部作品，用他的话讲，一部沙漏小说，两个头一个尾，没有封面没有封底，可以从两面开始阅读。

有意思。

曹元勇这完成一趟属于自己的"致敬之旅"的信念，看来已成现实。

"看不见"的"客人"

　　注意到她，倒不是因为她年少成名，履历漂亮，而是——"法语圈就那么大，呵呵"，她抢着说了后半句话，潜台词是，来来回回就这些译者，作品看多了，不记住都难。这当然是袁筱一的自谦，她大气地三两下把我准备出口的赞美之词挡了回来，自己笑得很开心。

　　看来什么翻译家和学院院长之类的头衔，大可不管了。我口无遮拦起来："知道吗，私下都说你是胡小跃的'红颜知己'。"

　　这下，轮到我哈哈大笑。

　　"唔——我们是很熟，不过就只见过那么几次，法语圈就那么大……"袁筱一不置可否。

　　我跟胡小跃太熟了，老同事兼老朋友，没事就喊他"胡老师"过过瘾，甚至"甘地"前"甘地"后地打趣（既黑又瘦的胡小跃相貌似极了印度前总理甘地）。这个时候他正在广州护理家中老人，不知道我又拿他出来吓唬袁筱一。

胡老师确实向我大力推荐过袁筱一，我也曾冒着胡老师的名头，向未曾谋面的袁老师约稿或约专题采访并一再得逞。

如此算来，袁筱一做客我们报纸版面，已长达十多年。我注意她，竟也有十多年之久，只不过，"客人"一无所知，她甚至"看不见"来自深圳的这份注目。对一个早慧的人来说，被注目早已成为惯性，这种对包围自己的鲜花和掌声的默认状态可以解释为超脱，当然也可以是麻木。所以，知与不知，没有多大区别。

我则不同，搜了一下报纸版面，真心吓了一跳：

首创于二〇〇五年的《深圳晚报》"阅读周刊"，从二〇〇六年起便开始出现"袁筱一"的名字。此时距离她十八岁凭用法语创作的短篇小说《黄昏雨》获得法兰西青年文学大奖仅十四年。那个光环下的大三女孩，已从本科读至硕士研究生读至博士，下海做企业营销，再重新回归学院……经历不算少，所幸翻译初衷未曾远离。

一

二〇〇六年，伊莱娜·内米洛夫斯基的《法兰西组曲》

由人民文学出版社出版，在这一部创作于历史战火之中的小说里，作者以白描的方式描绘了让几乎所有法国家庭都卷入其中的一九四〇年的巴黎大逃亡。译者袁筱一。封面设计非常有意思，女主人翁的大眼睛洞察着一切。我把她看成是内米洛夫斯基，或是袁筱一。

二〇〇九年上海书店出版社出版了三卷本的《蒙田随笔全集》，译者是马振骋先生。我们刊登了袁筱一的文章《这是一个真正懂得思考的人》，推介米歇尔·德·蒙田。那时我才知道，"婚姻就像一只鸟笼，笼外的鸟因不得进入而绝望，笼内的鸟因不得出来而绝望"，这个"婚姻鸟笼论"并非出自《围城》，其真正鼻祖是法国人蒙田；也才明白，法语翻译家许钧先生认为普鲁斯特的《追忆似水年华》和蒙田的《随笔》是翻译法国文学经典两座难以翻越的高峰，他得意的高徒，门下第一个博士袁筱一也因此潜心向高峰攀登。

让我更为侧目的，是二〇一〇年四月法国安德烈·高兹的《致D：情史》的中文版由南京大学出版社出版了，译者袁筱一。袁筱一说："高兹能够打动我的，到我完成了最初的两千字为止，也还是那段印在封底的，小册子的开始文字：'很快你就八十二岁了。身高缩短了六厘米，体重只有四十五公斤。但是你一如既往的美丽、幽雅、令我心动。我们已经在一起度过了五十八个年头，而我对你的爱愈发浓烈。我的胸口又有了这恼人的空茫，只有你灼热的身体依偎在我怀里时，它才能被填满。'不知道是不是每一个女人在读了这样的文字之后，都会有不明了的愿望，希望自己也可以成为文字中的'你'。或许在结束的此刻，我真的需要下决心相信，爱的岁月是可以随着记忆和文字永在的。"译此书时，袁筱一正在法国进行短期旅行，翻译的场景和书中的景象有些相似，外面开着初夏的花儿，早晨的空气还有些凉，但是白天的阳光可以非常艳丽。几乎就是书里描写的最后二十三年时光了。

薄薄的一本书，我竟无厘头地用一个整版去"绽放"，对这种"破例"至今怎么也想不通。因为爱情吗？看袁筱一的各种访谈，发现《致D：情史》确实对她有特殊的意义，至少在对爱情的理解上，"像回望这段'爱的岁月'的高兹一样，学会属于自己的'与现实生活处在同一个平面'的方式"。

二〇一二年上海译文出版社出版了克里斯蒂娜·阿尔诺迪的《我十五岁，还不想死》，我们刊登了袁筱一的序，她写道："事实上，对于克里斯蒂娜·阿尔诺迪的这本小册子而言，任何序言或者后记之类的文字或许都是多余的。'我十五岁，还不想死'，题目已经将一切包括在内，包括叙述者的视角：一个十五岁的，因为'二战'行将结束之际发生的布达佩斯包围战，躲进自家地窖中生活了两个月的小姑娘。"

当然，她也联想到自己翻译的《法兰西组曲》："一样的'二战'背景，一样的逃亡画面，一样平静却不乏震撼的叙事，目光也一样直指战争中的人性。不同的只在于《法兰西组曲》是借助'上帝之眼'看出去的，关于战争的宏大叙事。"

二〇一四年上海书展，我们的新闻稿里又见"袁筱一"，对外版书的推介，她一如既往没有缺席。

二〇一五年上海译文出版社引进出版了法国作家兼翻译家马迪亚斯·埃纳尔的作品《和他们说说战争、国王和大象》。这是龚古尔特别奖获奖作品，法国畅销书，讲述米开朗基罗在伊斯坦布尔邂逅一名波斯诗人的奇遇。我们推荐时引用了袁筱一的观点："《和他们说说战争、国王和大象》'新'就新在，它很有点早几年开始在中国流行的'戏说'的意思。"

……

交集竟如此之多。我一直热情地主动着，她"不知情"地被动着。

我说："你还翻译了绘本？"她瞪大了眼睛，惶惑似被发现了好玩的秘密，眼角不自禁荡起了笑意："我自己没有小孩。让我翻译绘本，一开始我还真有点犹豫……"

这样啊。她的一句话让十多年的主客寒暄时间没了距离，我直视她的眼睛，她的坦坦荡荡里边分明住着一个小女孩。

她当然不知道，刚刚过去的二〇一七年七月，我用《12个孩子，12种色彩缤纷生活》作为标题，推荐了她翻译的艾瑞克·巴图的图画书《请你来我家》——"我叫马吕。蓝天碧海之间，那个在木桩上闪耀的珍宝就是我的家"，"我叫尼央贾。我的家是泥土做的。可是，就算雨季来临，它依然挺立不倒"，"我叫亚里士多德。阳光下，我的家犹如一颗明珠，闪闪发光"……翻开书页，似乎一个个小孩子七嘴八舌争相自我介绍，这里边，夹杂着一个稚嫩的小女声："我叫袁筱一。我的家是法语书做的……"

"胡小跃也翻译童话书呢。"我补充着，其实想说，每个人心底里都有一个长不大的小孩儿，包括我自己。

二

陈丹燕老师也是一个长不大的小孩儿。二〇一七年年初她来深圳做《捕梦之乡——〈哈扎尔辞典〉地理阅读》新书活动，嗲嗲的柔柔的声线里，我们被蛊惑般地随着她到塞尔维亚神游了一番，仿佛与帕维奇老头故地相遇。她和她的声音太有魅力了，据说坐在她身边的人，如资深出版人曹元勇，也不由自主壮起胆子多喝了几杯。

袁筱一明显能喝几杯，她边喝边开玩笑说，因为她不够嗲，所以身边的曹元勇就不愿多喝几杯。

是这样的吗？

俨然是嗲来嗲去的上海帮，演的是一出心交心的老友记。

陈丹燕二十多年前就注意袁筱一了。那一年，大三女生小袁刚凭法语小说《黄昏雨》获得法兰西青年文学大奖。好奇的陈丹燕就想看看这是一个什么样的女孩子，她们约在一家咖啡馆，进行了一次访谈。后来以《袁筱一》为题的文章发表了，字里行间是典型的丹燕写法——有很多作者的猜想和介入，作为访谈对象的袁筱一更多以"嘻"应答，或是眼睛朝窗外街景及行人望去。三四年后袁筱一看到这篇访谈，毫不掩饰自己的"吃惊"，因为笔下的她更像是内心冲突强烈的小说人物，而非她本人。

我分明被"嘻"所吸引，不过二十多年后的袁筱一不单可以与人对视，还端起酒杯一饮而尽，言谈举止间自有一股豪迈，掩不住的是眉目间的蓬勃英气。

回过头去看《黄昏雨》，短得很有节奏，舒缓得不拖泥带水，如水墨画般有很多留白，展现了想象的余地。最后一句点睛，主题升华："我们不是好演员，辛辛苦苦演了一场，谢幕时却连掌声都没有。只有噼啪作响的雨点叩窗。"

十八岁这么写，就不简单了。袁筱一坦承，不会再这么写了。

今天的她，译了很多当代法国文学作品，也坦承，不译法国小说有五年之久了。

"我译的大部分法国二十世纪小说，情节都被削减了。不存在原先的小说非常看重的要素，比如悬念、结构，情节意义上的结构的驾驭，几乎都不存在，真的不太好看。"

所以，她想和当代的小说保持距离："当代的所有的文学和语言的尝试，可能都已经穷尽了。"突然之间她不太能够判断它们的价值。

这份谨慎或是坚守，似乎是有来由的。

十岁开始学习法语，阅读法语小说，听法国音乐，品法国红酒，甚至，爱上法国玫瑰……所到的第一座法国小城，竟是法国南部盛产玫瑰的图卢兹。

花一样的年纪，进入花一般的小说世界里。杜拉斯、加缪、米兰·昆德拉、勒·克莱齐奥、莫迪亚诺……这些浪漫的作家纷纷以文学的不同面向，向她打开和展示了世界的不同维度。

理所当然的，带着浪漫主义情怀的袁筱一考上了华东师范大学的法语系，一路顺风顺水地读了下去。用法文创作《黄昏雨》后，她开始了自己的翻译生涯。一九九四年，在导师许钧的带领下，袁筱一参与翻译了勒·克莱齐奥的《战争》。一九九七年，她动手翻译勒·克莱齐奥的《流浪的星星》。十年后勒·克莱齐奥获诺奖，他的作品早已在中国流传。事后证明，勒·克莱齐奥对袁筱一的影响非常巨大，尤其是在语言上。"他能够创造一种具有个性标记的语言，而这种语言又往往能够引导本国的语言文字往一个良好的方向去。""大约是因为人们在这个乱哄哄的世界里，一直在潜意识里寻找一种俭约、凝炼、相对朴素却不乏优雅的美。"俭约、凝炼、朴素、优雅，这四个词成为袁筱一翻译中或是生活中追求的目标，她在勒·克莱齐奥的凝炼中分明看到一种力量。

紧接着，袁筱一动手翻译劳拉·阿德莱尔的《杜拉斯传》，耗时一年译完这本长达五十万字的传记后，她觉得自己被改变了，不可实现杜拉斯的生活，关于"沉痛、抗争、无奈，或者还有爱，以及为此付出的代价"这些经验，"可感知，但无法经历"。

那位浪漫的女孩长大了——她开始急切地想要走下云端接上地气，一读完博士，马上进入外企，开始了一种与学院截然不同的生活。此时，米兰·昆德拉的《生活在别处》像是一个隐喻，为她的选择做了一个最恰当的脚注。"一部关于青春、革命和理想的书。无论自己在青春时代经历过什么，借助这部小说回望，或许都是最残忍，可也最真实的一种方式。"生活范式可以不同，但重心还是一个——翻译。

此后，她与黄荭一起翻译杜拉斯的《外面的世界》，翻译玛丽·恩迪亚耶的《三个折不断的女人》，翻译卢梭的《一个孤独漫步者的遐想》，翻译戈诺的《文体练习》……难的易的，她尝试并接受不同的挑战。"翻译的价值，很大程度上来自不同语言间的新鲜撞击，刺激我们寻找语言的更多可能性。"

沉溺其中，在纠结缠绕中热爱着。只不过，创作的梦想被悄悄收拾了起来，《黄昏雨》已成为遥远的历史，似可淡忘。她一心一意当起一名翻译者,并清楚地记得《红与黑》译者赵瑞蕻先生的话:"要以信为主,要用明白晓畅的现代汉语,要恪己,努力向著作者的风格靠拢。"赵老师在三十岁(一九四四年)时就完成了中国第一个《红与黑》的中译本。袁筱一也清楚地记得另一个《红与黑》译者罗新璋先生的做法,所译每句的长度一般不超过二十二字。

翻译中最难的事,莫过于追求不朽。袁筱一非常清醒,写出了《最难的事》:"不管原文本是一流、二流还是三流,译文只要能够成为众多本子中的一个,成为别人愿意与文本相遇的理由,就够了。"

相比十九世纪,她似乎更喜欢二十世纪的法国作品——那些作品用一种虚构的方式,让人看到世界是这样的千疮百孔。然而,当代的所有的文学和语言的尝试"可能都已经穷尽了",也因此,近年来袁筱一更多的是选择非虚构和社科著作翻译,甚至,回到童心未泯的图画书,绘本。

可为何这次又破例了呢?

与曹老师有关。她眼角一笑。

转向曹元勇,这位浙江文艺出版社上海分社的社长眼光犀利,总能从浩如烟海的作品中发现好作家。某天,他找袁筱一,说,有一部女作家写的书,篇幅不是很长,十万字。可以想象，袁筱一是拒绝的，她的理由很充分："我已经五年不再翻译法国小说了，现在要做教授，要写学术文章，要翻译学术著作……"，云云。曹元勇没有放弃，儒雅地说："你先看一看，再推不迟。"过了几天，袁筱一应允了。"蕾拉的小说确实非常好看。"

二〇一七年八月，法国二〇一六年龚古尔奖获得者蕾拉·斯利玛尼《温柔之歌》出版，译者袁筱一。九月，袁筱一在曹老师的带领下来到了深圳。

神交十几年后，我终于见到了这位版面上的"常客"。

这似乎又得怪牵线人胡小跃，长达十多年的时间跨度，让想象的线条拉长又拉长。庆幸的是，线牵得极靠谱，推荐的都是书中尤物、人间极品。

译得好，甚至比小说本身写得还要好。这是很多人对《温柔之歌》的评价。袁筱一不想掠美，一再地纠正："如果译著真的哪一天超越原著，可能是我的失败，不是我的成功。"

由翻译退回书本，继而退回做人的根本，她甚至说："虽然意识到和世界妥协是必须的，但你会有底线。实在不行，可以置世界于不理，文学的天地如此辽阔。很多东西都可以是虚幻的，你读了一本书，是实实在在的。"

一副认真又认真的样子，我猜想这可能就是我注意她好久的理由吧。

"网红"瑜老板

王珮瑜确实红透了，连西西弗这种主打读书的书店，也请她参与活动上台演讲。

想当初，《奇葩大会》请她时，她便问：还有谁？答复有李银河、李开复、徐小平，她欣然答应。这次参与西西弗"明天和选择谁先到来"讲座，估计王珮瑜也得问：还有谁？

我知道还有胡洪侠。胡洪侠也在问同样的问题，当知道一同的有王珮瑜，便欣然前往。他的车里，每天播放的是王珮瑜在喜马拉雅的节目《京剧其实很好玩》。上下班堵车的那两个小时里，《失空斩》《捉放曹》《大登殿》《文昭关》《二进宫》《乌盆记》《击鼓骂曹》等剧目循环播放，这位余派老生的念白和唱腔，着实能让人在车流滚滚的拥堵中，心生几分大气磅礴的安闲和从容。

听唱腔，还以为是七老八十的老先生。眼前，一米五几的个头，八九十斤的体重，小脸大眼，短发三七分，衣领上竖，一派素净帅气的姑娘，想不到稳扎稳打的真嗓音竟是从她单薄的身体里唱出的，好一位素褶子老生。

坐下，站起，出场，上台，说话，或签名，王珮瑜都端着一股儿劲，头微微上仰，嘴角上扬，下颚微翘，眼镜片后边的眼睛睁得滚圆。她属于伶牙俐齿的一类，应对敏捷从容，波澜不惊，滴水不漏。从古戏里走出来的，能没有历史感么？

不过，在京剧行当里尚算年轻的王珮瑜并不服古，她信时势造英雄，明白时机、平台和选择三者的重要性。当嗅到困境——人们一提到国粹，一提到京剧，一提到现代戏曲文化，就觉得与无趣、低收入、老龄化相关，她立刻出击，率先从剧场走下人间，给自己新定位"做最古老的传统艺术的最时尚的演绎者"。"京剧很美，曾经是街头巷尾传唱的'流行歌曲'，要让更多的人爱上她。"她知道当这些骨子老戏有了新链接后，更多的人会为传统艺术买单，就像早前胡洪侠已经乖乖地为《京剧其实很好玩》付费。这是一种破釜沉舟的自救，也是一种发扬光大的趋势。

在她，这种玩法当然不是第一次。

在京剧界，王珮瑜算是一个异数，也是一位幸运儿。

她背后有太多的问号，至今没有答案。她禀性聪慧，儿时听着余叔岩先生的唱片咿呀学唱，度过晨昏。十四岁考入上海市戏曲学校专攻老生行当，在全国少儿京剧大赛中频频获奖；十五岁时获得了京剧大师梅葆玖的赞许和肯定；十六岁以一折《文昭关》技惊四座，被著名京剧表演艺术家谭元寿惊叹为"当年的孟小冬"。

现在说起，她还得意自己走学院派路子，没有拜入师门，"个个皆为师"，得以博采众长——从王思及到朱秉谦、关松安、孙岳、李甫春、王世续、曲永春、童强等，学习了《失空斩》《捉放曹》《大登殿》《文昭关》等余派戏，也学演了《武家坡》《打渔杀家》《战太平》《清官册》《四郎探母》《南阳关》《夜奔》《杨门女将》等各种流派各种风格的剧目。

二十岁，毕业后的她进入上海京剧院成为一团副团长。

二〇一〇年六月，为纪念梅兰芳京剧团重建十五周年举办的梅派经典剧目系列演出中，她受邀和梅葆玖等共同主演《四郎探母》，再续"女生男旦"的梨园传奇。在电影《梅兰芳》中，梅葆玖和王珮瑜分别为黎明扮演的梅兰芳和章子怡扮演的孟小冬配唱《游龙戏凤》选段，在银幕上再现"梅孟之好"。

一路坦途，顺风顺水。在别人的羡慕眼光中，王珮瑜忽然上演了关于自己"出走""回归"的"曲目"。她想学旧时的戏班制：名角不须养团，只要养他的行头，低成本运作，票款由主角、后台、剧组三家分成，人数最多十来个。甚至希望实现剧团股份制，固定人员只有化妆师、鼓师、琴师和主要配角，每人月工资有一两千块即可糊口，余下的收入全部按卖座分成。于是，走出体制，牵头成立工作室，放下身段，进高校，下农村，给企业唱堂会，最终理想的乌托邦以失败告终。她回到上海京剧院，重新从普通演员做起。

"现在呢？"我不免好奇。

"还在体制内。"王珮瑜坦坦荡荡。

"可你已经是'网红'了。"

"对哦。"王珮瑜说。《奇葩说》曾经邀请她以辩手的身份参与节目，但她是一个最没有竞争意识的人，怕一旦辩论，立马站到对方的立场去，便婉拒了。直到第四季的《奇葩大会》，导演邀请她分享京剧知识，她心动了。节目播出后，第一天就涨了好几千个粉丝。

可能尝到了甜头，为参与央视节目《朗读者》做准备时，王珮瑜就想着怎么把京剧与古诗词有效地相联结，可几次尝试都不理想。直到录播前十几分钟，她灵机一动: 何不用京剧韵白朗读宋词《念奴娇·赤壁怀古》？这下，天地间全"亮了"。

《念奴娇·赤壁怀古》经京剧韵白一朗读，浪淘尽之风起云涌的历史沧桑席卷而来，我们一众听得如痴如醉，王珮瑜却检讨有两处瑕疵：一是动作太多，表明心里发虚，不够淡定；二是倒字时，"千古风流人物"中的"人"念成了北京音，而余派老生的发音应是第三声，往下走，"早生华发"中的"华发"念成了"花发"，也是一错。"京剧的字正腔圆不是普通话标准的字正腔圆，而是来自古音和方言，方言的基础就是湖广音和中州韵。在京剧的歌唱里面，念白和演唱就直接跟朗读相关。朗读不仅仅有思想的体现，也有语言之美。"

这个节目又给王珮瑜涨了特别多的粉丝。她由此想到中国有很多好的古诗、古词都可以和戏曲的韵白相结合，以《朗读者》为一个契机，做一系列这种类型的策划。

甜头一个接着一个，因接了地气，这些年王珮瑜参加了各种综艺节目。比如北京卫视推出的大型明星跨界音乐真人秀节目《跨界歌王》，有一期她和杨宗纬一起演唱《凉凉》，惊艳全场，有一期她还尝试了将传统鼓点与西洋架子鼓结合，连姚晨都看得目瞪口呆。还有东方娱乐原创出品的全国首档大型戏曲文化类节目《喝彩中华》，王佩瑜与"九零后"歌手霍尊、著名演员徐帆、东方卫视主持人程雷一起担任"观察人"，为来自世界各地的中国传统戏曲爱好者的节目进行点评……"很多人知道我喜欢唱歌，今天唱歌跟一百年前唱戏一样。我从去年年底开始计划，为每一次我自己新创作或新演出的传统京剧或新编京剧做一首主题歌。从《春水误》到《千山行》，都是为我的京剧舞台演出做的流行音乐的推广。"她的心得和体会很简单，就是用流行的、通俗的方式讲述京剧之美。

涨了粉，有了扎实的群众基础，"网红"王珮瑜当然懂得乘胜前进，她创立了自己的品牌"瑜音社"，社里的铁粉有了自己的"瑜老板"，如此，星星之火，"瑜脉相传"。然后她进军各种音频录播节目，如喜马拉雅的《京剧其实很好玩》，从二〇一六年九月二十九日推出之时，至二〇一七年十月，节目达到一百期。每每夜深人静，王珮瑜拿着手机猫在卧室桌前录音，讲心得说体会，再哼唱几句。对于一出两百年的老戏《洪羊洞》，她起了一个叫《抑郁症引发器质性病变》的现代无比的标题，这种貌似不靠谱的混搭，却让点击率狂飙，目前节目总播放量达一百零七万，这意味着，白花花的银子就这么哗啦啦地流了进来。

"瑜老板"赶紧辩解，钱当然不是全进了她的腰包。

钱事儿小，阵地才事儿大。王珮瑜为自己开拓了两个经典阵地——京剧清音会和"乱弹·三月"京昆演音会。在西西弗的活动现场，每个座位上都有一份节目单，写着"'【清·弹】雅集'2017王珮瑜京剧巡回展"。接下来的几个月时间里，她携团队和艺术家们，行走于成都、上海、石家庄、深圳四座城市，为当地观众带去一场"老生常谈"京剧清音会和一场"乱弹·三月"京昆演音会。

所谓的清音会，她解释，是借鉴于清末民初的"清音桌"，与大剧场戏曲演出的区别是：清唱、不扮戏、不着戏服、依现场情况定制戏码。王珮瑜京剧清音会说白了就是"清谈+演唱"的小型沙龙式演唱会。从二〇一六年开始，她在其中加入了"弹幕"互动，大伙可以通过手机即时表达和反馈自己的感受，也就是除了现场鼓掌、喝彩、叫好之外，还多了一个工具，"大家拿起手机做文字和互联网式的叫好，这就是弹幕"。她称其为"叫好"文化的延展。

"乱弹·三月"京昆演音会则在板鼓、京胡、二胡、三弦、阮、月琴、小锣、大锣、铙钹等传统乐器中，加入古典吉他，进一步丰富弹拨乐的整体呈现，并从视觉和听觉上打破原有的民乐设置，起到"融合乐"的作用。

对于这种创新改良，业内人士质疑声起。"如果要问在这个过程当中有没有经历过一些困难，我觉得困难一定是有的。"王珮瑜对此轻描淡写。所有剧目中她最讨厌的是《四郎探母》，这个人物吃软饭，又爱哭，"哪有那么多委屈，不是个爷们儿"。她的性格中分明有纯爷们儿的强烈色彩，一人担当，风轻云淡。

那天活动，每一位老师上台演讲时，其他老师端坐台下倾听。都是各领域的翘楚，谦逊是一种通行的品德。唯王珮瑜在助理的护送下来去匆匆，串场走穴似的完成了她自己十八分钟的上台演讲。

遗憾之余，霍然想起，她是艺林中人，又是"网红"加"腕儿"，行规里不便随意"抛头露脸"的。噢，那天中午能与之一起吃饭，看来，瑜老板还是给了面子的。

辑

二

《走向世界丛书》的前世今生

"喂——"

话筒那头钟叔河先生熟悉的声音响起，这头我似乎便在心底里热切地跟他握了握手。

嗯，多么令人激动的事情！三十六年，三分之一世纪之多的等待，终于，在告别丙申踏入丁酉这一天，《走向世界丛书（续编）》六十五种隆重面世，与三十多年前的第一辑三十五种完好合璧，宣告《走向世界丛书》一百种胜利会师完美收官。

大事件呵！

我说，钟老，深圳连绵半个月的潮湿雨雾天，这会儿天公绽放了甜甜的笑脸。

长沙的钟老当然看不到。这一年虚岁八十七的他喃喃着，高兴。

能不高兴吗？三十多年的心愿实现了。

天，放晴啦。

这是一位老出版家毕生为之努力的精神硕果，是一项跨世纪的学术编辑工程，是一套来自东方的中国知识分子"向西方国家寻求真理的实录"，是一段中西文化碰撞的学术史、思想史、文化史、交流史，是一剂帮助国人"打开门窗而又防止伤风感冒"的药散，是一份富有思想性、科学性和创造性的古籍范典，是一个几代人手牵手共同努力的出版传奇，是一场出版史上漫长的最富耐力的马拉松接力……

省略号后边还可以有很多的形容词，但这里，仅以个人的接触、感知和笔力，粗略还原其中部分细节，试图以颗粒状细小的横切面，见证这部生长期达三十六年的丛书的生命历程。

一

每个人都有自己的记忆图谱，比如我，记忆中与《走向世界丛书》竟然有些微亲近的关系。

原因有三：其一，《走向世界丛书》的主编钟叔河先生，是我相识近二十年的老前辈和师长，他对后学的影响和鼓励，我在前后两本书中都有详细的记录和描写；

其二，"走向世界丛书（续编）"出版工程中，起重要作用的项目负责人曾德明和杨云辉老师，是我虚心请教的对象，是我的兄长、朋友，这些年续编过程的若干点滴，我有幸在现场见证并聆听一二；其三，《走向世界丛书》第一辑三十五种，我家早已收藏了。更为可贵的是，二十世纪八十年代，时任岳麓书社总编辑的钟叔河，想把岳麓书社的出版物推向更大的市场，恰好一九八五年，中国出版工作者协会和三联书店、中华书局、商务印书馆香港总管理处在香港联合主办"中国书展"，钟叔河让社里特别赶制了一百套精装本《走向世界丛书》参展，限量印刷，没有定价，可惜后来运输途中丢失了五十套，这甚至成了一段小小的"公案"，我先生胡洪侠于二十世纪九十年代机缘巧合地在市面上购得此种珍贵版本，后请钟老在书的扉页上签名留念。

基于以上三点理由（当然还有更多），对《走向世界丛书》的命运和走向，我于内心深处始终密切关注着。在包括我在内的很多书友眼中，《走向世界丛书》早已不仅仅是有着钟叔河烙印的一套"冲开牢笼打破禁锢"的丛书，而是关乎出版界、学术界，甚至思想界的一份精神成长记录。

这里有必要把《走向世界丛书》从二十世纪八十年

代至今，三十多年的出版脉络以大事记的形式做一番简明梳理。

（一）一九七九年三月，四十八岁的钟叔河离开茶陵洣江茶场。此前，他经历了一九五七年被错划为"右派"，"文革"中身陷囹圄长达十年之久的"人生挫折"。

（二）一九七九年九月，钟叔河成为湖南人民出版社的一名编辑。他有心愿准备出两套丛书，"外国人研究的近代中国"和"现代中国人看世界"，并四下访书。

（三）一九八〇年八月，《走向世界丛书》第一种书李圭的《环游地球新录》在湖南人民出版社面世，责任编辑钟叔河。

（四）《环游地球新录》在新华书店甫一亮相就吸引了读者的关注。封面上是一幅美国自由女神像高举火炬部分的局部特写，左上角的简介写道："一百多年前的友好访美记录，参加费城万国博览会的详情。"全书有一半以上篇幅记述了博览会中的见闻，此外更涉及美国建设和生活的许多方面。据说，当年二十二岁的康有为读了刚出版的这本书，为书中描绘的新事物所吸引，从此选择了向西方国家寻求真理的道路。这本书可说是较早的一部中国人写的美国游记。

（五）钟叔河把以前读过的，以及从北京、上海等地图书馆搜集的三百多种刻本、抄本和印本进行了整理，选辑了其中最具代表性的一百种，希望借助容闳、郭嵩焘、张德彝、黄遵宪、张謇、康有为、张荫桓、伍廷芳、盛宣怀、罗振玉、张元济这些走出国门的，包括大使、参赞、留学生在内的清人学子的海外见闻，来讲述一个多世纪前的"变革图强"与"西学东渐"，以"起到一点帮助打开门窗而又防止伤风感冒的作用吧"。

（六）依照当时的规定，出版社每个编辑一年只有四个选题的指标，若是一本本拆着出版，就无法保证丛书史料的完整性与思想的连续性。钟叔河思量之下，便把自己三年的书号集中起来，巧妙地一次可以出版十二本。

（七）《环游地球新录》之后，《走向世界丛书》以一个月一本书的速度出版，至一九八三年已出版了二十本。钟叔河计划每年出二十种，五年完成。这是他的"五年计划"。

（八）一九八四年，钟叔河离开湖南人民出版社，调到一九八二年成立的岳麓书社担任总编辑，属于"高升"。"丛书"的出版发行也跟着他一起"搬家"。

（九）一九八六年，《走向世界丛书》第一辑在已有的二十余种的基础上增加至三十五种，单行本改为合订本。此时，影响力在业界剧增，引起了学界众多学者专家的关注。

（十）对于出版《走向世界丛书》，出版社内部有各种不同声音，且不论旧书重印是否契合社会需求，单是一百种图书的庞大规模便对出版经营理念提出了考验。

（十一）一九八八年，钟叔河在岳麓书社内部组织的一次民主评议中落选，不再担任总编辑的他换岗转到湖南省新闻出版局。

（十二）"走向世界丛书"项目被搁浅。其时，余下的六十五种图书资料已备齐，包括研究华人海外奋斗史的重要史料、有"中国马可·波罗"之称的谢清高所著的《海录》，包括池仲祐的《西行日记》、余思诒的《楼船日记》。"实际上已经做好了准备，如果不是那次变动的话，这套书肯定出齐了。"钟叔河至今不无遗憾地这么认为。装着无处着落的六十五种图书资料的三四个箱子，一路跟着他辗转搬了几次家。

（十三）两个重要的人物出现，他们让这项事业得以延续。这两人是钟叔河得力的干将，现任岳麓书社总编辑曾德明和文学编辑部主任杨云辉。他们于一九八五年大学毕业同一批进入岳麓书社工作。二十世纪八十年代还在武汉大学读书时，曾德明便认真读过《走向世界丛书》第一辑里郭嵩焘的《伦敦与巴黎日记》。他分配到岳麓书社，时任总编辑的钟叔河面试他时，他们谈的就是郭嵩焘。曾德明和杨云辉，无论对于钟叔河还是这套丛书，都有着深厚的感情。

（十四）一九八九年，五十八岁的钟叔河提前退休。尽管后来他策划出版了包括《知堂文集》《儿童杂事诗笺释》等在内的一大批有口皆碑的图书，但《走向世界丛书》的续编始终是他一项未了的心愿。

（十五）二〇〇六年，杨云辉到"念楼"（钟叔河家，因住二十层，故以"念楼"称之）看望钟叔河，告知岳麓书社想重新修订出版第一辑《走向世界丛书》，这个想法得到了钟老的支持。

（十六）在初编修订版出版之前还有一个小插曲，因为合同的问题岳麓书社领导有点纠结，刚好有另一家出版集团的代表到钟老家拜访，表示愿将初编续编"全单收入"。当时杨云辉正与钟老一起，得知消息后迅速告知社领导，社领导遂向集团领导汇报，后集团董事长拍板，批准出版初编修订版，且由集团出资。

（十七）二〇〇八年十月，十巨册《走向世界丛书》修订珍藏版（第一辑三十五种）与读者见面。此次修订，改正了原书不妥的标点和断句，增补和修改了部分边注，增加了一些珍贵的历史图片。对于二十五篇叙论，钟叔河先生在文字上也做了部分修订。一千两百元的标价于读者而言实属不菲，但一千多套上市不久即被抢购一空。

（十八）前后两版《走向世界丛书》备受肯定的同时，社会各界对整理出版《走向世界丛书（续编）》的呼声和期待也越来越高。

（十九）二〇一二年，岳麓书社开始启动"走向世界丛书（续编）"出版工程，将搁浅了近三十载的出版计划付诸实施，并使之成功纳入国家"十二五"重点出版规划项目，于二〇一五年获得出版基金项目资助。

（二十）续编由岳麓书社总编辑曾德明任出版项目的负责人，由钟叔河先生担任主编，曾德明给钟叔河配了一个"有能力又值得信任"的编辑团队，由文学编辑室主任杨云辉带领团队具体操作。作为带头人，杨云辉四年来把所有精力都用在了《走向世界丛书》的续编上，办公室被一叠叠书稿、一摞摞印刷样本挤满了，"这些年，基本上没做过别的书"。

（二十一）一开始，钟叔河只肯挂个名，在曾德明与杨云辉的说服下，从编辑体例到封面设计，他也一一过问，同时还承担了标点、分段、注释等具体工作。曾德明后来坦言："我们觉得，这套丛书是钟先生的品牌，没有他的深度参与，就做不好。"话讲得有道理，因为书中除了文字，还有大量的表格、插图和统计，以及，所有入编的书都没有标点符号，需要按照现在的阅读习惯断句。事实表明，除了大局的掌握，细节的处理钟先生也都全程参与了。也因此，原定二〇一五年出齐一百种的计划又"精益求精"地延迟了一年。

（二十二）这套丛书的续编是一个庞大的出版工程。杨云辉请了十多人的专家团队，包括杨向群、鄢珉等参与第一辑编辑工作的老编辑。年轻的编辑中有鄢蕾和李缅燕两位"八零后"，鄢蕾是鄢珉的女儿，这一次，父女齐上阵，一起合作编辑《使俄草》《谈瀛录》等几种图书。

（二十三）钟叔河为《走向世界丛书》做了大量卡片，在卡片左上角用红圈标明按年代划分的图书号，比如一百种里成书时间最早的一本是《海录》。编辑李缅燕发现，钟先生连那个小红圈都画得格外圆。三十多年前的一盒盒卡片，成为年轻编辑们重要的参考资料。

（二十四）编辑过程中最大的难点是地名、人名等的考证。由于当时没有统一的通行翻译法，地名、人名大部分是作者自己音译的，如"恶士佛"，编辑联系上下文，最终才发现原来它是"牛津"（Oxford）的音译。

"猫匿"啤酒是康有为书中自言最喜欢的一种啤酒，编辑考证后发现，"猫匿"原来是慕尼黑。地名、人名、专有名词都需要对照资料、分析语境、反复确认、逐条考证，追根溯源。杨云辉以严修的《东游日记》为例，"光做人名索引，这本书需要两周时间才能完成"。

（二十五）卷首叙论是《走向世界丛书》的一大特色，第一辑三十五种，共二十五篇叙论，当年由钟叔河一人悉数包办，他对作者当时"走向世界"的历史背景以及个人的研读体会进行了详尽阐述。续编中单《海录》一书，钟叔河写的万字导论，前后修改了四次。他的修改稿用了四种颜色的字体标记：红色是修改的句子，绿色是大段的插入内容，蓝色则标记页码号，还有黑色的铅笔是红色修改句上再改动的词。因钟老年事已高，精力目力所限，续编中除少数几篇卷首叙论由钟叔河亲自操刀外，其余均交予湖南师范大学等多个大学的教授，以及曾在岳麓书社工作的几位老编辑。整个参与的团队约二十人。这是一项集体合作的结晶。

（二十六）《走向世界丛书（续编）》收书六十五种，分为五十五分册（含上下册），共计一千多万字，主要收集一九一一年以前中国人出使、考察、游历西方各国的记录（明治维新后的日本，也放在西方国家的范围之内）。它和已出版的第一辑三十五种一起构成了早期国人走向世界、看见世界、认知世界、记录世界、思考世界的全景图像。

（二十七）二〇一六年十二月，《走向世界丛书（续编）》最后一种张德彝《八述奇》付印完毕。

（二十八）二〇一七年三月，版权页上标明，《走向世界丛书（续编）》出版。这张具有法律效力的"出生证"向世界郑重宣告：《走向世界丛书》一百种图书合体"团圆"，昂扬面世。

序号的标注只是一种简明扼要的方式，旨在以时间为序罗列一些事实。序号背后更多的细节故事辉映着出版家及参与这套丛书出版的一众出版人坚持、坚韧、坚守的治学理念和出版态度。

二

《走向世界丛书》专门收录一八四〇年至一九一一年间清末以来前人的出国记述，包括游记、日记、考察报告等等，通过游历之人的独特视角，对中国从封闭社会走向现代世界的历史，做了一番纵横观察。丛书第一辑于二十世纪八十年代出版后，引起无数学人关注和热议，直至今日很多人谈起还心有戚戚焉，其中包括写《唐山大地震》的著名报告文学家钱钢。

二〇一七年一月，作为第十二期中大财新卓越记者，我们一行五人有幸在广州的中山大学与香港大学新闻及传媒研究中心的钱钢主任做一个对谈（实则聆听教诲）。钱钢曾与胡劲草合撰了《留美幼童——中国最早的官派留学生》，并撰写了《大清海军与李鸿章》（原名《海葬》），提及早年对甲午战争资料的收集以及对留美幼童的调查。他坦言，对历史纪实作品最重要的文献资料是距离真相最近的当事人的记录，并拿钟叔河先生所编辑的《走向世界丛书》第一辑举例："这套丛书收录了部分重要资料，我在北京王府井书店抢购到最后一套样品书，扛回去很重。里面有些资料充满人情味，比如李圭日记《环游地球新录》提到这位清朝小官员在美国百年纪念博览会看到美国妈妈拉着中国幼童的手，'亲爱之情，几同母子'。"除了《环游地球新录》，这套丛书里还有容闳自传《西学东渐记》、祁兆熙的《游美洲日记》、薛福成的《出使英法义比四国日记》、郭嵩焘的《伦敦与巴黎日记》……它们都与留美幼童相关。中国留美幼童是中国历史上最早的官派留学生。一八七二年到一八七五年间，由容闳倡议，在曾国藩、李鸿章的支持下，清政府先后派出四批共一百二十名学生赴美国留学，这批学生出洋时的平均年龄只有十二岁。钱钢曾看到第三批幼童中的薛有福给美国女友凯蒂的信，为了找寻薛的爱情故事，乘坐大巴，跑了许多冤枉路，用"蹩脚"的英语在薛有福的母校翻看了一屋子档案，一无所获。沮丧之余没有放弃，心想十步之内必有芳草，后来果真发现了另一位留美幼童史锦镛写给女生的信……

如果当年这套丛书续编中的六十五种书已经出版，钱钢在找寻资料时是不是有更多的参考和借鉴，可以省了"许多冤枉路"呢？那天座谈时，他为此喟叹，个人背后都有一个大时代的"场"。

《走向世界丛书》也不例外。

续编六十五种分为五十五分册（含上下册），其中，谢清高的《海录》（附杜环《经行记》、巴琐马《西行记》、樊守义《身见录》）是近代以前中国人较早走向世界、亲历西方的记述。王芝的《海客日谈》以近乎荒诞的文笔记载游历海洋、走近西方世界的见闻。钱德培的《欧游随笔》、李凤苞的《使德日记》，此二集合一，为清廷派驻德国的大使、随员记述其在德国亲历亲闻的日记，内容涉及政治、经济、文化、教育、军事等方面。陈兰彬的《使美纪略》、谭乾初的《古巴杂记》，则是这两位清廷派往美国、古巴的大臣，分别记述其游历考察所在国的政治经济以及当地华侨状况等方面情况的日记、随笔。缪祐孙的《俄游汇编》，汇集了作者游历俄国两年，对俄罗斯的军事、历史、疆域、道路、山川、经济、人文等方面考察调研的成果。傅云龙的《游历美加等国图经馀纪》，以游历加拿大、美国、古巴、秘鲁、巴西等国的感受、过程、对比分析为内容，并以图经形式记载各国地理风貌、物产资源，是一份实实在在的考察报告。

续编中涉及日本的游记及观察不少，粗略统计，有黄遵宪《日本国志》、王之春《谈瀛录》、陈道华《日京竹枝词》、姚鹏图《扶桑百八吟》、严修《东游日记》、刘学询《考查商务日记》、黄璟《考察农务日记》、罗振玉《扶桑两月记》及《扶桑再游记》、丁鸿臣《东瀛阅操日记》、沈翊清《东游日记》、周学熙《东游日记》、吴汝纶《东游丛录》、缪荃孙《日游汇编》、王景禧《日游笔记》、双寿《东瀛小识》、张謇《癸卯东游日记》、凌文渊《籥盦东游日记》、李濬之《东隅琐记》、盛宣怀《愚斋东游日记》、程淯《丙午日本游记》、杨泰阶《东游日记》、文恺《东游日记》、左湘中《东游日记》、吕珮芬《东瀛参观学校记》等多本，共十三卷，涉及日本的政治、经济、教育、文化、法律的各项制度和现状，以及作者自身的观感体会和见闻所得。

续编中的亮点是张德彝之述奇。《五述奇》（上下）、《六述奇（附《七述奇》未成稿）》（上下）、《八述奇》（上下），与第一辑中的《航海述奇》《欧美环游记（再述奇）》《随使法国记（三述奇）》《随使英俄记》四种共构成了八部"述奇"。这圆了钟叔河的心愿。

续编中还有附录四种，收入在中国的外国人介绍世界和西学的著作。丁韪良的《西学考略》（附南怀仁《坤舆图说》、艾儒略《职方外纪》）是西方来华人士介绍欧美文化及教育制度的著作，对西方学术的知识分类体系和高等教育的课程设置体系做了详细深入的分析。艾约瑟的《西学启蒙两种》是艾约瑟执笔翻译的一套西方文化启蒙读物中的两种——《西学略述》和《富国养民策》，着重介绍西方的学术体系、知识体系以及经济理念，当时在思想及学术上起到了一定的指导借鉴作用。

三

《书屋》原主编周实用一句话，高度概括了钟老与《走向世界丛书》的关系。他说："一出牢门便走向世界，胆识缺一，怎么可能？没有准备，也无可能。他是时刻准备着的。准备着什么？准备了思想。"

"思想"——很有分量的一个词。

在狱中，钟叔河曾和好友朱正一起讨论中国与世界文明同步的问题："现代中国的根本问题就是没有与世界同步，中国脱离了这个轨道，如果与变化的世界同步了，那么问题就解决了。"他想到了鸦片战争后第一批去西方的中国人，他们看到了什么？感受到了什么？记录下了什么？如果能把这些汇集在一起参照比对，能为今天的读者提供什么样的思想认知上的借鉴？

现在回想起来，他甚至自我解嘲起当时的"好"："我无须遵功令作文、按模式思想，而尽可以在劳动的余暇'自由'地思考中国的过去和未来，有时也能搜集和整理一些材料。"

从茶陵洣江茶场回长沙后，凭优秀的作文考入湖南人民出版社，钟叔河开始着手自己的计划。为了搜集清人出国载记，他四处访书，并从各地的图书馆搜集到三百多种刻本、抄本和印本。当时没有电脑也没有复印机，稿子全靠手写，每种书要先找人抄出来，抄稿校过才能发稿，排字后又要校改两到三次，然后做旁批。一个月一种书，他还要为每本书写上万字的导言。从发稿到付印，全是他一个人做。

当时出版社有规定，不允许编辑借自家的图书夹"私货"写文章，故第一辑叙论署的便都是笔名，后钟叔河在外界权威刊物上发表了关于郭嵩焘的研究，彰显了自己的学术能力，同时《走向世界丛书》在社会上的知名度和影响力越来越大，他得以在叙论中换回了真名。

正是叙论作者"钟叔河"和《走向世界丛书》编者"钟叔河"，让钟叔河这个名字开始在学界崭露头角，也因此衍生出许多故事，这里整理回放其中三则：一则关于钟叔河访张德彝"述奇"日记并以叙论介绍；一则关于翻译家杨宪益对这套丛书英译名称的选定；一则关于钱锺书对《走向世界丛书》编辑工作的建议，及为此与钟叔河进行的通信往来。这些故事在钟叔河的书中口中都或多或少有过记述言说。

四

在《走向世界丛书》一百种书目中，张德彝"述奇"占了七种。钟叔河几乎为每种述奇都写了长篇导言，证明了他对张德彝"述奇"的偏爱。

张德彝为中国第一代职业外交官，出生于贫寒之家，一生中先后八次出国，写了八部日记记录海外见闻，称为"八述奇"（《七述奇》未成书），除了《航海述奇》和《四述奇》（即《随使英俄记》）外，在被收入《走向世界丛书》前，从未刊行。其中记载了西方的避孕套，将其称为"肾衣"；将美国总统官邸翻译为"白宫"；记录了巴黎公社起义；记录了自己钻进埃及金字塔的经历……他在日记中所记载的许多发现，成为中国人第一次对西方细致观察的一部分。

张德彝"述奇"资料的发现，说来有趣。一九七九年钟叔河到北京图书馆收集资料，碰到一位湖南老乡张玄浩，他是西南联大的毕业生。见钟叔河编书心切，他便自告奋勇领钟叔河去当时北京图书馆古籍部所在地柏林寺，也正是在这处不起眼的所在，钟叔河与同为湖南人民出版社编辑的杨坚淘到了这套珍贵的日记。

一九一八年张德彝逝世后，全部"述奇"的稿本由次子仲英保存。一九五一年张仲英年过古稀，为了不使手稿遭受损失，他委派儿子张祖铭将其上缴了公家。日记被发现后，前四部"述奇"收入《走向世界丛书》第一辑中出版，执教于石家庄市第十五中学的张祖铭闻之，在一封给钟叔河的信中写道："先祖遗物，除送交国家者外，由于众所周知之原因，业已荡然。……若无先生之努力，先祖遗作恐亦无人能知，湮没于世矣！"这段逸事，钟叔河在《柏林寺访书》（一九八〇年三月）中有详细的记载。他没想到，他等待张德彝"述奇"后四部的出版机会，一等就是三十多年。这些资料，又跟着他辗转地搬了几次家。

随着这次《走向世界丛书（续编）》的出版，流浪多年的张德彝《五述奇》《六述奇（附《七述奇》未成稿）》《八述奇》终于守得云开见日出。其中，《五述奇》是张德彝任驻德使馆随员期间的出使日记，书中包含了对当时德国的政局和社会，以及对欧洲共产党（张氏译"平产党"）最初的记述。《六述奇》是张德彝任驻英使馆参赞期间的出使日记，记述的内容涉及了英国当时社会生活的方方面面，展现了维多利亚中期英国在现代化、帝国化过程中的生活图景。《七述奇》则是张德彝八部"述奇"中篇幅最短的一部，故未刊稿成书，记述他随户部右侍郎那桐赴日，代表清政府就日本使馆书记生杉山彬在北京被戕一事致歉的屈辱之旅。《八述奇》是张德彝任驻英使馆公使期间的出使日记，书中记述的个人思想较以往"述奇"略多些。钟老分析说，这应该是张德彝身份地位的变化以及个人阅历的增加所致，这时候他所记述的已经不仅仅是新奇之感，而是多了些思考审视。

钟叔河为《走向世界丛书》所写的叙论，令人耳目一新。很多人建议他把所有叙论单独集成一册出版。其中便有翻译家杨宪益。杨宪益甚至对钟叔河说："翻译出来，我看是会受人欢迎的。"他甚至想好了丛书的英文译名。"走向世界丛书"曾有三种译法，分别是："The Outer World in Chinese Eyes""Chinese Travellers Abroad"，以及"From East to West"。杨宪益认为这套丛书记叙的是来自东方的中国知识分子"向西方国家寻求真理的实录"，故采用了最后一种译法。所以，在现在新版后六十五种《走向世界丛书》的封面上，可以看到"From East to West"这几个比中文"走向世界丛书"的字号还大的英文单词。

一九八二年，钟叔河到北京参加古籍整理出版规划小组的会议，会后看望《读书》编辑部的董秀玉，她告知"钱先生很欣赏《走向世界丛书》，说是编书人如果来北京，愿与见面谈谈"，于是钟叔河便跟她搭乘公共汽车去了三里河钱家。当时他们带去三册《走向世界丛书》，有李圭的《环游地球新录》、斌椿的《乘槎笔记》和张德彝的《欧美环游记》。

回到长沙后，钟叔河收到了董秀玉寄来的钱锺书给他的信："叔河同志走得匆忙，没有留下地址。我感于他的盛意，抽空翻看了几本，有些意见，写出烦你转给他。将来如得暇再看到什么，当陆续告知，共襄大业。"

后在怀念文章《智者又是仁人——钱锺书先生百年祭》中，钟叔河发表了一九八二年八月二十八日钱锺书写给他的这一封信。

"你编的那套书，很表示出你的识见和学力，准会获得读众的称许。……我匆匆看了几种，欣赏了你写的各篇序文。先把见到的零星小节写给你供参考。"

信里，钱锺书认为，首先，钟叔河在李圭《环游地球新录》的序文里"或详或略地介绍了作者"，但忽视了李圭最有名的著作《思痛记》，这是一部讲太平天国旧事的书，他记得胡适、周作人都在著作里称赞过，日本汉学家松枝茂夫赠的他所编的中国《纪录文学集》也把《思痛记》的译文收入其中。

其次，钟叔河在斌椿《乘槎笔记》的序文里"列述以前中国人讲西洋的书，说斌椿是'地理学家徐继畬、数学家李善兰的朋友'，又特引李善兰为本书所作序文，加以发挥"。钱先生认为此种提法轻重失当。因为"徐继畬不仅是'地理学家'，他还是个有影响的大官，而且是个主张'走向世界'的大官，尤其是他也为斌椿此书写了序文。他的《瀛寰志略》有不少常识性的地理错误，但充满了"走向世界"的心愿，引起当时人的攻击"。钟《总序》里"只字不提徐继畬"，钱认为应该重新考虑。此外，钟叔河删了《乘槎笔记》里两节，钱先生觉得这种顾虑没有必要。

再次，张德彝《欧美环游记》中，书里"把原书里外国字的译音一部分注明洋文，那些没有注明的其实都可以补出"，而且注明的洋文里有些错误。如第一百四十一页"Holy（神圣的）"当补一句"应指冬青树（Holly）"，张德彝是"误听误解"了。

对于钱锺书的意见，钟叔河认真听取，并在书中做了修正。一九八五年三月《环游地球新录》再版，他重新撰写了叙论，"字数便比钱先生所见署名"谷及世"的那一篇多出一倍半"。增写的"痛定思痛"一节中，又对"李圭家中遭难，'男女死者二十馀'，他本人被太平军裹胁去做了'写字先生'，后据亲见亲闻作《思痛记》等有关情事"，做了必要的介绍。这里插一句，"谷及世"为钟叔河笔名，意在谐音当时湖南人民出版社"古籍室",以免"突出个人"。

后来钟叔河在文章中又写道:"至于'张德彝的误听误解',还有他写到的外国人物的生平行事,要予以订正,进行考证,就是再努力几年十几年,我亦未必能行。思之再三,只好在后来的编辑工作中取消脚注,不再事倍功半地还原英文,只在书后做一'人名索引'和一'译名简释'(今昔译名对照),这样至少避免了漏注和错注的毛病,守住了《丛书》质量的底线。仅仅此一点,先生对我的帮助即很大很大了。"(写于二〇一〇年六月)

一九八四年冬天,钱钟二人在北京见了面,钱锺书对钟叔河的书稿提了很多修改意见,还为他的《走向世界:中国人考察西方的历史》一书作了序。杨绛后来告诉钟叔河:"他(钱锺书)生平主动愿为作序者,唯先生一人耳。"

钱锺书在序言中这样写道:"差不多四十年前,我用英语写过关于清末我国引进西洋文学的片段,常涉猎叔河同志所论述的游记、旅行记、漫游日志等等,当时这一类书早是稀罕而不名贵的冷门东西了。我的视野很窄,只局限于文学,远不如他眼光普照,察看欧、美以及日本文化在中国的全面影响;我又心粗气浮,对那一类书,没有像他这样耐心搜罗和虚心研读。"

一九九八年，由钱锺书主编、朱维铮执行主编的《中国近代学术名著》丛书在三联书店刊行，收录了郭嵩焘的《伦敦与巴黎日记》、刘锡鸿的《英轺日记》、薛福成的《出使日记续刻》，在内容上与《走向世界丛书》互有交叉映照，这从另一个侧面表明了钱先生对钟叔河编辑工作的肯定。钟叔河因此感念道："他为什么能如此做呢？照我想，恐怕只能是为了学术，为了使我们更快地'走向世界'，走向全球文明的'大业'吧。"（写于二〇一〇年六月）

三十多年来，因《走向世界丛书》结下的书缘引发的故事，多不胜数。这些故事与书的出版历程，可以写成一部《走向世界丛书》出版史。

钟老说："（续编）我做的很少，工作都是他们（岳麓书社曾德明、杨云辉一班人）做的。文章多写他们，我今年八十七岁了，写我没有意义。"

钟老说这话是发自内心的，他于五十年前落下的青光眼病复发了，医生嘱他静养，不可喜怒，不能劳神。尽管看不了书信，电话也不能多听，他还是一再表达自己的感谢之情——感谢未竟的心愿在有生之年别人帮助他完成了，感谢读者、书友及社会各界对这套丛书的关注。我答应他一定转达这一层意思。

五

二十世纪八十年代《走向世界丛书》第一辑的出版，如平地一声雷，炸醒了还未完全从"文革"余波中觉悟的人们。钟叔河于序言中呼喊："仅仅学一点'长技'，搞一点坚船利炮，还是不行的……"

当时国务院古籍整理出版组组长李一氓先生对这套丛书作了非常中肯的评价，他说："钟叔河同志以远大的眼光，孜孜不倦，搜集一八四〇到一九一一的七十年间的这类著述约百种，编为'走向世界丛书'……这确实是我近年来所见到的整理古文献中最富有思想性、科学性和创造性的一套丛书。在这方面，推而广之，可称为整理古籍的模范。"

萧乾先生也表达过同样的意思："如果要我就新时期以来文史方面推举五种——甚至三种杰出的、里程碑式的著作，我都会把湖南岳麓书社在八十年代初期所出的'走向世界丛书'列进去。除了它自身的巨大学术价值，这套书还及时地配合了当前正在进行的改革开放事业。"

后来，学者雷颐谈及这套丛书，也认为："此套丛书的出版，对学术史、思想史、文化史、中西文化碰撞与交流史研究，做出了巨大的贡献，且对思想解放起了推动作用。其意义，甚至今天仍难以估量。"

各种高度的评价让《走向世界丛书》成为此后三十年间出版史、思想史或学术史上绕不开的一个点，不管是回顾还是前瞻，它始终占据一席之地。

三十多年后的今天，科技发达，信息爆炸，在网络、鼠标、机器人等现代化工具和手段的影响下，人与世界的距离越缩越小。一八四〇年至一九一九年间到访国外的国人，他们所撰写的见闻、游记、日记、报告文学，距今有一百多年之久。如此，续编的出版是否还具备三十年前的价值和意义？读者心中多了一份疑虑。

这样的问题有人问过钟叔河，也问过岳麓书社的编辑们。

端坐"念楼"的钟叔河，举了中科院外文所所长陆建德的一个例子。二〇〇六年，陆建德重读《走向世界丛书》，看到张德彝在光绪六年三四月份的两则日记里提到，伦敦一车夫因鞭打马匹过甚被处以罚款并监禁一月，一工匠因拉马尾巴被监禁六周，待动物如此，待人就不必说了。因而感叹："这套丛书大开国人眼界，同时又让读者意识到，身边很多习以为常的'小事'都是值得关注和检讨的。时至今日，这套丛书读来依然具有让人不安的力量。"

这种不安的力量，一直潜伏在我们身边，无时无刻不在警醒着我们。续编工作启动之后，二〇一三年钟叔河为这套丛书撰写新序，禁不住写道："现代人走向世界，首先要使自己成为能接受全球文明，有世界知识，有世界眼光，有世界理想的人。'走向世界丛书'杰出的作者，如郭嵩焘、黄遵宪……又如邹代钧、金绍城……他们看到的新技术还是德律风（送话器和最早的手摇电话机）、火轮车（蒸汽机车）……我们如今却已经用上了智能手机、坐上了波音飞机……但在思想层面上，我（不敢称"我们"）反省自己的世界眼光和世界理想，甚至在世界知识的某些方面，比起一个多世纪以前的郭、黄他们来，差距实在还不小。在这方面，也就是人的现代化这方面，要走的路就更'漫漫其修远'了。"

因此，"同一个世界，同一个梦想"成为钟先生和编辑们继续编辑出版《走向世界丛书》的共同志向和终极目的。

如今，《走向世界丛书》一百种完美集结，曾德明松了一口气："此次续编的六十五种与此前的三十五种，从内容的重要程度来看是一致的，价值是一样的。他们的见闻和思想，对当下依然有借鉴意义。"

贯穿整个续编工作前后的主将杨云辉也同样认为，

当时走出去的这一批人，如康有为、黄遵宪、伍廷芳等，都是有思想的一批人："留下的日记随笔，以及对西方国家政治、经济、文化的观察和思考，对现在依然有借鉴意义。"一向低调和谦虚的他，为这项工作谨慎地打了八分。

我其实更想问钟老他给这套丛书的续编打多少分，话到嘴边，却又放弃了，因为，至今还有人看，说明一百多年前的人对西方世界的观察至今还有意义，一百多年前开始的历程至今还没有完成，一百多年前清人的读与思于今日的我们仍是一种启示。从这个意义上讲，丛书初编与丛书续编在跨越三十六年之后成功合体圆满落地，本身就具有巨大的历史价值，这已超过了任何意义。

先生胡洪侠听闻《走向世界丛书（续编）》上市，直呼：下单去！

《儿童杂事诗笺释》，二十六年一部历史

后浪出版公司的陈妙吟发来微信："我们公司新近出版了《儿童杂事诗笺释》，钟叔河先生特地嘱咐将书寄给你……"

真巧。去年（二〇一六年）九月我拜访长沙"念楼"，钟老说，前一天后浪的人刚来，谈《儿童杂事诗笺释》出版的事。他转过身从书架上抽出旧版的《儿童杂事诗笺释》，版权到期了，旧版中有错漏及不尽如人意之处，钟老又想着把它重新修订得更好一些，就像写文章，总是一遍遍修改，出版后又发现不足，心存遗憾，只好等下次再版修正。

钟老指的后浪一行，想必就是书扉页上写的出版统筹吴兴元等了。寄来的书布面精装，绿封烫金，以蜻蜓、蝴蝶、灯笼等为造型的风筝在空旷的原野上飘，小孩儿们正奋力奔跑……十六开本，天头地脚留白有余，五号字体，字里行间错落疏朗，一百克纸手感舒服，手迹全

彩印刷，我不禁翻回版权页看："海豚出版社"。果木
其然。腰封印着："三位大家珠联璧合，尽显人文理想
情怀"，"《笺释》于一九九一年初版，历经廿五年不
停琢磨，此第五版为最终增订版"。

二○一七年二月，钟叔河笺释的《儿童杂事诗笺释》
（修订版）出版，这是继一九九一年文化艺术出版社
版、一九九九年中华书局版、二○○五年岳麓书社版和
二○一一年安徽大学出版社版之后的第五次重新修订出
版。钟叔河先生说，一九九○年七月始作，二○一六年
四月改定，此应是最后一次的修改了。

二十六年，周作人的诗，丰子恺的画，钟叔河的笺释，
一部《儿童杂事诗笺释》几经流转，浓缩一段出版传奇。

一

谈起知堂先生，钟叔河说："我一直以为，先生文
章的真价值，首先在于它们所反映出来的一种态度，乃
是上下数千年中国读书人最难得的态度，那就是诚实的
态度。"这句话被我在多个地方引用，以此勉励自己。

一九五七年，因讲"自由、民主和社会主义是没有

矛盾的"在"反右运动"中获罪，钟叔河被开除公职。"我拖板车，妻子朱纯糊纸盒子，养活自己，刚拖板车时，真是拖得一身痛。"那些年，灰扑扑的日子里他一边在街头拉平板车，一边尽力搜集周作人的旧书，内心深处偶获宁静。"我最看重周作人的，就是他始终追求思想自由，这不是什么高深的道理，只是人情。因为人的本性要自由。"

一九六三年某日，他动念给年已八旬的周作人写信，吐露心声。当时买不起像样的纸笔，小店里只出售粗糙的红色横格"材料纸"，钟叔河买了纸、墨汁和一支一角二分钱的毛笔。他写道：

从四十年代初读书时起，先生的文章就是我最爱读的文章。二十余年来，我在这小城市中，不断搜求先生的著作，凡是能寻得的，无不用心地读了，而且都爱不能释。说老实话，先生的文章之美，固然对我具有无上的吸力，但还不是使我最爱读它们的原因。我一直以为，先生文章的真价值，首先在于它们所反映出来的一种态度，乃是上下数千年中国读书人最难得的态度，那就是诚实的态度——对自己，对别人，对艺术，对人生，对自己和别人的国家，对全人类的今天和未来，都能够诚实地，冷静地，然而又是十分积极地去看，去讲，去想，去写。无论是早期慷慨激昂的《死法》《碰伤》诸文，后来可深长思的《家训》《试帖》各论，甚至就是众口纷纷或誉为平淡冲和或詈为自甘凉血的《茶食》《野草》那些小品，在我看来全都一样，都是蔼然仁者之言。

虽然经过刻意搜求，先生的一些文集仍然无法读到……假如先生手边尚有留存的文集，无论旧印新刊，能够赐寄一册，那就足以使我欢喜万分了。

信从长沙市教育西街十八号发出，寄往北京八道湾十一号。一千五百公里，维系着一老一少近五十岁年龄差距的忘年神交。不承想，周作人很快回信、赠书、题诗。一九六三年十一月二十八日周作人在日记中记道："上午得吉光廿五日信，钟叔河廿四日信。"二十九日记云："下午丰一为寄钟叔河信，又寓言一册及写字。"指的便是与钟叔河通信一事。

一九七九年钟叔河获"解放"，到湖南人民出版社上班。他感念，一个在"五四"运动中著名的老作家，居然认为一个板车夫还能懂得他的文章，"我又怎能不怀着知己之感，编印周氏著作，算是对所得布施的一点回报"。

钟叔河打破"禁锢"，首倡重印周作人著作，提出"人归人，文归文"的出版原则，力争"周作人的文章既没有反动内容，也没有宣扬色情暴力"。据他后来回忆，因胡乔木支持，才拿到了批文。但批文有附加条款，"周作人的书只有抗战前的和解放后的可以出一点，不能出全集、文集"。一九八二年一月，《周作人回忆录》出版，此为一九四九年后第一部以周作人本名署名出版的书。

书的出版，意味着"周作人"这一名字的解冻。不难想象，在当时的情境下，这确实惹恼了一大批人，臧克家由此撰文发难："现在，忽然对周作人热了起来，以此类推，汪精卫的阴魂也会呼叫援例。"还有老同志告状，湖南出版了三种"人"：查泰莱夫人的情人、丑陋的中国人和周作人。

这几样皆与钟叔河脱不了干系。从《走向世界丛书》，到出版知堂作品及曾国藩的书，"不务正业""出汉奸的书"的帽子一顶顶扣了过来。一九八八年，钟叔河在岳麓书社内部组织的一次民主评议中落选，不再担任总编辑，换岗到湖南省新闻出版局。

尽管离开出版社，钟叔河的"周编之旅"并未停顿——从一九八四年开始搜集材料到一九九五年全书编成，《周作人文类编》（十卷本）于一九九八年由湖南文艺出版社出版，与此同时，周作人作品的选集和单行本等多种文本也陆续出版。二〇〇九年四月，六百多万字，收录了周作人全部散文作品及部分日记、诗歌、书信、序跋、译文的《周作人散文全集》由广西师范大学出版社隆重出版，全集采用编年体形式，辑录了周作人一八九八年至一九六六年的作品，所有文章均一一考订发表时间、发表刊物、所用署名，同时注明集内文、集外文和未刊稿。

业界同行由此评价，钟叔河的学识令人佩服，胆识和勇气更加值得敬重。他是新中国成立后周作人文集出版方面的先驱和开创者。

二

有了这段结缘，要说钟叔河《儿童杂事诗笺释》的由来，得先从《儿童杂事诗》说起。

一九五〇年，十九岁的钟叔河在《新湖南报》供职，有天偶见上海《亦报》载《儿童杂事诗》，署名为东郭生，有丰子恺的插图，读而喜欢。"然年未及弱冠，又忙于打背包下乡，无所谓私生活，匆匆不克辑存，亦不知东郭生之为谁也。"此时距周作人从南京老虎桥监狱出来仅一年多。

故乡绍兴是吴越文化滋生和培养的重要土壤，少年时期，周作人对新年拜岁，立夏扛秤称人、吃健脚笋，端午吃"五黄"、挂蒲剑艾旗、画老虎头驱邪等故乡习俗、礼仪及儿时游戏已有着浓厚的兴趣。后到日本求学，他认真阅读了日本等国外的民俗学理论著作。一九一四年，周作人在报上登载启事："作人今欲采集儿歌童谣录为一编，以存越国风土之特色，为民俗研究、儿童教育之资料……"一九四七年六七月间，以汉奸罪在南京老虎桥监狱服刑的周作人，偶读英国画家、诗人李尔的诙谐诗，深佩其"妙语天成，不可方物，因略师其意"，于是创作了大量的诗歌。在《儿童杂事诗序》中，周作人记道：

前后得十数首，亦终不能成就。唯其中有三数章，是别一路道，似尚可存留，即本编中之甲十及十九又乙三是也。因就其内容，分别为儿童生活、儿童故事两类，继续写了十日，共得诗四十八首，分编甲乙，总名之曰儿童杂事诗。我本不会做诗，但有

195

时候也借用这个形式，觉得这种说法，别有一种味道，其本意则与用散文无殊，无非只是想表现出一点意思罢了。寒山曾说过，分明是说话，又道我吟诗。我这一卷所谓诗，实在乃只是一篇关于儿童的论文的变相……

一九四九年周作人出狱后，于五月抄写一部，赠给友人尤炳圻，六月又以一部手抄稿赠沈尹默。有报纸引述文史专家倪墨炎的话说，周氏曾手抄过几本《儿童杂事诗》用来送人。这也是后来他的手抄稿在拍卖会上屡屡流出并拍得高价的源头所在。

一九四九年年底，老报人唐大郎（云旌）在上海创刊《亦报》，向周作人约稿。周陆续写作随笔交其发表，同时又将《儿童杂事诗》抄就交付《亦报》，于一九五〇年二月二十三日到五月六日在该报连续刊载。同《亦报》上其他文章署笔名一样，《儿童杂事诗》亦署笔名，曰东郭生。《儿童杂事诗》连载之前，唐大郎特意约请已移居上海的丰子恺为之配图。丰子恺欣然应允，他或许知道东郭生为何许人，但没有道破，仅用了十多天的时间，就完成了六十九幅配图。

然则，周作人对丰子恺的画风并不欣赏，他有回忆文章写道："来信所说东郭生的诗即是《儿童杂事诗》，记得报上的'切拔'（剪报）订成一册，曾以奉赠，上边丰子恺的插图，乃系报馆的好意请其作画者，丰君的画我向来不甚赞成，形似竹久梦二者，但是浮滑肤浅，不懂'滑稽'趣味，殆所谓海派者。插图中可取者不过十分之一，但我这里没有插图本，故只能笼统地说罢了。近来该诗原稿已为友人借去，里边的诗较好者亦不甚多，但是比起插图来，大概百分比要较好一点罢了。"

早在一九三九年年底，周作人《关于阿 Q》一文中，便对丰子恺的漫画做了评论："丰君的画从前似出于竹久梦二，后来渐益浮滑，大抵赶得着王冶梅是最好了，这回所见，虽然不能说比《护生画集》更坏，也总不见得好。"

至今喜欢丰子恺画作的大有人在，我当属其一，睁大眼遍寻不及竹久梦二的影子，要说其画作受谁影响，似乎李叔同先生的印迹更多。钟老的解释是"丰画未必尽嗛周氏之意，但时逢解放，仍肯为此诗插画，即足证诗之价值"。我还想补充一句，也足证丰师之气魄胆识。

当年钟叔河在《亦报》上看"东郭生"儿童诗不知其何许人也，"丁酉年后（丁酉年为一九五七年，钟老与知堂先生通信为一九六三年），力佣为生，引车夜归，闭门寂坐，反得专心读书，因问 Rouse 所述希腊神话事，与译者周遐寿先生（周作人）通信，始知东郭生即其笔名"。得知《儿童杂事诗》为周作人所做后，钟叔河重读《遇狼的故事》，唏嘘久之，于是设法求得《亦报》剪报全份，后发愿为作笺释。

《儿童杂事诗》的内容分为甲、乙、丙三编（最初只有甲、乙两编，丙编为周作人某次重录后补充），每编各二十四首。甲编的"儿童生活诗"主要描写了儿童的童年生活、经历的民俗习惯及小孩心理；乙编"儿童故事诗"则记叙了中外名人的故事，描述了种种与儿童生活相关的教育故事和情节；丙编则是对甲编内容的补充，以名物分类，描写儿童生活中的游戏、玩具、吃食等。

钟叔河的想法很简单："杂事诗所咏者不外岁时、名物、儿童游戏，是民间风俗，又是清末戊戌时候，去今一百余年。读者少有了解。"所以，笺释时他不主张用抄字典辞书的方法为前人诗文作注，反对代替读者查工具书，而是从周氏本人一生"用散文写下来"的数百万言中找材料，旁及地方文献、笔记杂书、友朋通信。得知钟老笺释，"上海陈子善、香港卢玮銮两君各以所藏见示，始得以复制，岂非文字遇合，亦有前缘耶"。

笺释始作于一九八九年秋，一九九一年《周作人丰子恺儿童杂事诗图笺释》由文化艺术出版社出版。这是第一个把周诗丰画合印一起并细加笺释的本子。

三

对《儿童杂事诗》，周作人曾说："儿童生活诗亦即竹枝词，须有岁时及地方作背景，今就平生最熟习的民俗中取材，自多偏于越地。"杂事诗以类似竹枝词的形式，根据岁时、民俗、名物等描写儿童生活、儿童故事，以下几例可窥一二：

新年拜岁换新衣，白袜花鞋样样齐。小辫朝天红线扎，分明一只小荸荠。（《甲之一·新年拜岁》）

书房小鬼忒顽皮，扫帚拖来当马骑。额角撞墙梅子大，挥鞭依旧笑嘻嘻。（《甲之十·书房小鬼》）

新装扛秤好秤人，却喜今年重几斤。吃过一株健脚笋，更加蹦跳有精神。（《甲之十二·立夏》）

啼彻檐头纺绩娘，凉风乍起夜初长。关心蛐蛐阶前叫，明日携笼灌破墙。（《甲之二二·蟋蟀》）

周作人言："以七言四句歌咏风俗人情，本意实在是想引诱读者进到民俗研究方面去，从事于国民生活之史的研究，此虽是寂寞的学问，却于中国有重大的意义。"可见他牢狱中著诗并非简单消遣，实为民俗及国民生活史长远计。钟叔河笺释时不由得感慨："予失学少读书，笺释本不易；然'淡竹''路路通''滚灯'诸条，虽不敢自云覃研钻极，亦可谓已尽心尽力刻意搜寻。"

《儿童杂事诗笺释》一开头便是例证。"偶读英国利亚（Lear）的诙谐诗"，钟笺释："利亚（Edward Lear，1812—1888）今作李尔，本是位画家（下面两幅是他的自画像），却以写 Nonsense Poems 出名。Nonsense Poems 吕叔湘译作'谐趣诗'，《简明不列颠百科全书》中文版译作'打油诗'，周作人曾按字面直译为'没有意思的诗'（见《自己的园地·阿丽思漫游奇境记》），《儿童杂事诗》在《亦报》发表时称'无稽诗'，到这时则称之为'诙谐诗'，后来陆谷孙又译作'胡诌诗'。"——一个"Nonsense"解出了六种译法，从名家名译到百科全书，再到作家作品，各有出处，各有侧重。

又如周氏《端午》诗："端午须当吃五黄，枇杷石首得新尝。黄瓜好配黄梅子，更有雄黄烧酒香。"周作人从民俗学角度认为："一年中让大家有几回饮食娱乐的机会我想也是很好的，端午就是其一，此外有中秋、冬至、夏至，中秋吃月饼，冬至馄饨夏至面，也是老例。"从钟老的笺释可知：此篇《端午》以"吃食"入手，介绍了端午的饮食风俗——"五黄"（黄鳝、黄鱼、黄瓜、黄梅、雄黄酒），其中"石首"即黄鱼。

又如周氏童诗《夏日急雨》："一霎狂风急雨催，太阳赶入黑云堆。窥窗小脸惊相问，可是夜叉扛海来。"钟叔河在笺释中交代风和雨是周作人爱作的题目，一九一九年所作《小河》，河水本来稳稳向前流动，忽然筑堰，堰下的土淘去，成了深潭……他引述《知堂回想录》说，这是一种古老的忧惧。一九四二年周氏又有杂诗"豆花未落瓜生蔓，怅望山南大水云"，说明"瓜豆尚未成熟，大水即是洪水的预兆就来了。这是一九四二年所作，再过五六年北京就解放了"。一九六六年"文革"前夕，周氏又作关于风的诗："春风狂似虎，似虎不吃人。吃人亦无法，无法管风神。"文末钟叔河点评："这种忧惧，就比自然现象不可测所引起的，要更加厉害得多了。"

至于前文提到的"路路通"，周作人在《蚊烟》一文中写道："薄暮蚊雷震耳聋，火攻不用用烟攻。脚炉提起团团走，烧着清香路路通。"里边的"路路通"他指杉树子。但钟老说："杉树子是长卵形的，实心无孔，并不长刺，烧来有气味，却无论如何说不上香。而'形圆略如杨梅，遍体皆孔，外有刺如栗壳'，又可以烧来驱蚊的，只能是枫树子。"他说自己从六岁到十五岁住在湖南平江乡下，用枫球发烟驱蚊，差不多是夏日每天都要做的事，所以清楚知道这一点。他又提及周作人后来也发现了自己的错误，一九六六年三月十日致孙五康信中承认，"路路通是枫树子，说杉树子是错的"。

还有一则《凯乐而》："绝世天真爱丽思，梦中境界太离奇。红楼亦有聪明女，不见中原凯乐而。""凯乐而"今译为"卡罗尔"。这是牛津大学讲师道奇森的笔名，他创作了《爱丽丝漫游奇境记》，周氏参考赵元任译本。钟老说，中国人习惯在书中对儿童说教，古来即绝少让孩子们看娱乐的书。他特地引用周氏的话表明自己的态度："近来看到一本很好的书……这部书（《爱丽丝漫游奇境记》）的特色，正如译者序里所说，是在于他的有意味的'没有意思'。"

钟老说："盖生为中国人，虽惭磊落，而于吾土吾民之过去现在及未来，实未能忘，亦不敢忘也。"正是本着这种态度，他对七十二首诗进行了笺释，成为《儿童杂事诗笺释》的主体。每首诗只有二十八个字，笺释初版每则平均三百五十字。到第四版每则笺释的平均字数，增加到了七百多。第五版则不仅有增，而且大改，如今每则平均已有千字，差不多是原来的三倍。

《儿童杂事诗》倾注了周作人积极的民俗学立场，体现了一种乡野村趣。"它们在民俗学和文化史上的意义，成了有价值的资料。"此盖为钟老笺释的出发点。

四

从一九九一年至二〇一七年，二十六年间，《儿童杂事诗笺释》共由五个出版社出版了五个版本。不同的是，每个版本都较前一版本有了不同程度的内容修正和增补。这里将五个版本逐一对照说明。

第一版：文化艺术出版社，一九九一年五月出版，印数三千册。

这是《儿童杂事诗笺释》初版，时名为《周作人丰子恺儿童杂事诗图笺释》，据知堂先生一九六六年写本影印。封面插图为丰子恺绘《丙之二·老鼠做亲》，采用了当年盛行的压膜工艺。书名题字为周作人手迹。腰封正面图案采自《甲之二·压岁钱》插图，背面图案为《乙之十八·高南阜》的插图。丰子恺先生为其中六十九首画了插图，只有三首当天注明了"此诗无画"或"今日无图"。钟老请毕克官补画了这三幅。全书七十二首诗，分甲、乙、丙三编，分咏儿童故事和儿童生活。有的一题一诗，有的一题数诗。钟老于初版序中写道："常见有人慨叹文艺大家殊少为儿童创作，又每论及民俗研究之少成绩，此诗此画，或亦稍有助于风气之重开"，"予之笺释得附骥以传，自以为虽搁笔不再为文，亦可以无憾云"。

第二版：中华书局，一九九九年一月出版。一九九九年至二〇〇一年共三次印行共三万册。

此为《儿童杂事诗笺释》第二个版本。由初版的窄十六开改为窄三十二开，知堂手迹为缩印。封面插图为丰子恺绘《甲之一·新年拜岁》。初版卷首的《笺释者言》变为《修订本题记》。增补了部分新发现的材料，并修订原印本的阙误。内页底色亦从棕色改为淡绿色。毕克官所配的三幅插图，由丰一吟亲自补画的取代，"女承父业，也是天经地义的事"（见《笺释后记》）。

再版序中，钟老说："我亦年近七旬，居高楼绝少履平地，越来越感到寂寞。《广阳杂记》云：'十九首曰，不惜歌者苦，但伤知音稀。非但能言人难，听者正自不易也。'读之不禁悲从中来矣。""笺释后来又得到了些可补充的材料，初版亦有数处阙误，中华书局有意重印，因为修订付之，并题记如上。"此文写于一九九八年。

第三版：岳麓书社，二〇〇五年二月出版。印数一万册。

此为《儿童杂事诗笺释》第三个版本。书名由《周作人丰子恺儿童杂事诗图笺释》改为《儿童杂事诗笺释》。封面用《丙之十八·活无常》的插图及诗稿手迹，书名题字"儿童杂事诗"为知堂手迹（与初版不同），"笺释"二字为印刷体。卷首《修订本题记》又恢复为《笺释者言》，文末加一句"附记"："此为第五次印，经修订增补，殆是定本矣。""乙之二、五、七"三首诗的配图变回毕克官绘图，"后印小本改用了丰一吟先生补画的。这次印的是大本，故仍用毕画"。

第四版：安徽大学出版社，二〇一一年五月出版。印数六千册。

此为《儿童杂事诗笺释》第四个版本。简体横排精装本。以前所用知堂手迹为一九六六年写本，这次则用了一九五四年写本，据钟老称，一九六六年写本不规范的省笔比较多。丰子恺的画以前都做了放大处理，有些失真，这次是按原大影印。"丰子恺插图原作早已散佚，只有《亦报》刊载的六十九幅锌版图存世。原来勉强将其放大，反而失真难看，读者意见最多。此次改按《亦报》原大刊登，庶几少失原作的精彩。"（《笺释新序》）笺释有所补充。书后全文附录知堂一九六六年写本《儿童杂事诗》。另外，《笺释后记》改为《笺释跋语》，新增了两段文字，钟叔河在这两段文字中叙述了周氏在"文革"初期向章士钊求救的故实。

第五版：后浪出品，海豚出版社二〇一七年二月出版。印数一万册。

此为《儿童杂事诗笺释》第五个版本。收录最早与最晚两种版本的周作人亲抄《儿童杂事诗》全稿，附周作人手迹两种，手迹全彩印刷，全书布面精装。

此新版笺释增订尤多。《甲之十二·立夏》，初版笺释说："淡笋是生长药材'淡竹叶'的淡竹所发出的笋。"新版则订正了初版说法："淡竹叶并非淡竹之叶，而是另外一种不同的植物。……淡竹为竹亚科刚竹属五十八种中的第二十三种，高可达十二米，为笋材两用竹；淡竹叶则不属于竹亚科，乃是禾亚科淡竹叶属的一种草，高仅数十厘米，根本不会发笋。"

新版的图文版式也有很大改动。主要有两项，"一是附印了周作人一九五〇年二月和一九六六年八月两件自抄本手迹"。第四版附印的一九五四年一月的写本，系复印香港崇文书店一九七三年影印本，这次换掉了。"写本偶有异文，《亦报》所刊有删削，笺释主要用的是一九六六年的写本，但也参用了一九五〇年的写本。""二是丰子恺插图原作已佚，存世的只有一九五〇年二月二十三日至五月六日刊登在《亦报》上的六十九帧锌版图，初版勉强将其放大"，图案失真，此版按《亦报》原图大小复制，"缘缘堂画笺"《亦报》制版时只保留内框，现在则现出了全貌。

五

在第四版的《笺释跋语》中，新增了两段文字，叙述了周氏在"文革"初期向章士钊求救的故实，此为极重要的历史文献资料，第一次把《儿童杂事诗》与周氏日记内容相关联，引出对周作人生前最后境况的种种猜测。

一九六六年五月"文革"开始。一九六六年七月十日，周作人日记记云："作致行严函，此亦溺人之藁而已，希望虽亦甚微，姑且一试耳。"行严即章士钊，时为中央文史研究馆馆长。周作人在"五四"时尤其在"女师大事件"中多次写文章批评章，此时不得不向他求救，明知希望甚微，仍"姑且一试"，钟老注解："真到了病笃乱投医的程度。"周作人七月十八日记云："王益知（章秘书）来，代行严致意，甚可感荷。"八月十三日又记："抄录儿童杂事诗，昨今得甲乙两编。"十四日又记："上午抄儿童诗丙编，至下午了。"

钟老因此发问：抄录的这部诗稿，是不是准备通过王益知送章士钊，或者是通过章士钊送什么人去的？周的日记中并未留下记载。王益知来后的一个月中，周作人一直等待着，故日记云："此一个月不作一事，而辛苦实甚……可谓毕生最苦之境矣。行严秘书王君曾云，当再次来访，因随时计其到来，作种种妄想，窃自思惟，亦不禁悯笑也。"八月二十一日记："作致王益知信，且看答复如何。"至二十三日仍未见答复，记了："上午阅《毛泽东论文艺》。"钟老言:"日记即止于此日,距重录《儿童杂事诗》仅九日,盖即其绝笔矣。"

冯唐曾经写过一篇文章《致周作人:一个"小写"的人》,里边提到:

> 我没查到您到底是怎么死的,查到了您死前的一些事实,罗列如下:"1966 年 5 月,文革开始。1966 年 6 月,人民文学出版社不再给周作人预付稿费。1966 年 8 月 2 日,周作人被红卫兵查封了家,并遭到皮带、棍子殴打。其后周作人两次写了短文让儿媳交给当地派出所,以求服用安眠药安乐死,无音信。1967 年 5 月 6 日,去世,82 岁。"

于细节处见反讽,这是历史的"功劳"。二十世纪四十年代末,"汉奸"周作人以戴罪之身被关牢狱,尚怀着新希望创作了《儿童杂事诗》。二十年后貌似以自由之身手抄《儿童杂事诗》,却心如"牢笼"欲罢不能,听命于外力岌岌不可终日。更难以想象的是,身故四五十年后,他重录的《儿童杂事诗》的命运又发生了天翻地覆的变化。

一九六三年的通信中,钟叔河曾求知堂先生写予条幅，"字句就用先生无论哪一首诗都好"。很快他收到了八道湾的回信："需要拙书已写好寄上，唯不拟写格言之属，却抄了两首最诙谐的打油诗，以博一笑。"这两首诗，便是《儿童杂事诗》的甲之十和十一，即《书房小鬼》和《带得茶壶》两首。遗憾的是这两幅条幅，因"文化大革命"避祸转移时钟老所托非人，被隐匿占有了。

二〇〇八年上海博古斋秋季拍卖会新文学专场，周作人手抄本《儿童杂事诗》起拍价格高达十三万元。手抄本引首有题词，卷末有跋语，全书还有作者的四方印鉴。此抄本由知堂先生于己丑年写成赠友。二〇一一年嘉德拍卖会"旧时月色"专场，一幅周作人《儿童杂事诗》条幅，拍到了三百多万元。

钟老二〇一一年在第四版前言序中提及此事："但我想他（占有者）还不至于敢拿去拍卖，因为条幅题有上款，我的子女和年轻的朋友们总会注意着它的。"然则，他并非在意丢失的条幅，而是"周氏的'嘉孺子'——替儿童着想，为儿童创作，也确实是他思想上和文字上的亮点，而《儿童杂事诗》七十二首即其代表作。这一点，不必等到'旧时月色'专场，在四十八年以前，我就这样认为了"。

正因此，从二十世纪五六十年代至今，任时间长河流淌，钟老爱周作始终如一。

《儿童杂事诗笺释》出版后，周作人的长子周丰一感念钟叔河的良苦用心，在跋中写道："儿童杂事诗七十二首，系先父所写，丰子恺先生为作插图，尤可宝贵……民俗学和儿童学亦从此增加一可靠的研究资料，至可喜也。"丰子恺的女儿丰一吟深为认同："《儿童杂事诗》作者是我的父执辈，插图者是我的父亲。一位是大手笔，一位是名画家，而且擅长儿童画，两位长者的合作，真可谓珠联璧合。"

笺释者及出版者钟叔河如何看呢？他的话是："相得益彰，在为儿童与为学术两方面，画亦与诗同臻不朽矣。"

同臻不朽的，还有二十六年来这一部《儿童杂事诗笺释》。

野记偏多言外意——由二〇一七年版 《知堂谈吃》说开去

与钟叔河先生闲聊，问起平日看什么书，答，周作人。

"还是周作人的文章经看，每次都有新的感觉。他的文章看起来是平淡的，却有着更深的意思；去解读这个更深的意思，就给了我的好奇心广阔的空间。"钟老的心得是"常看常新"。

同样的话，在很多采访他的报道中也见过。能让钟老活到八十六七的耄耋之年还念兹在兹的人，当数知堂老人。

说来也怪，二〇一七年伊始，各类钟叔河编的周作人作品相继再版，前不久是后浪出品的《儿童杂事诗笺释》，二〇一七年五月，中华书局推出钟叔河选编的《知堂谈吃（增订本）》。这些再版的作品，钟老每一本都重新撰写了出版说明，扼要交代再版之内容变化、篇目

212

调整、面貌更新等要素外，笔端也流露出对知堂先生的一往情深。

一

中华书局版的《知堂谈吃》是继一九九〇年中国商业出版社、二〇〇五年山东画报出版社之后的第三个版本。此次增订，所收文章数量由原来的九十四篇变成了一百八十一篇，增加的幅度很大——既有从《周作人散文全集》中搜得的原版失收的八十六篇，又节录港版《周作人晚年书信》中谈吃食较多的信十一封为《与鲍耀明书（节抄）》一篇。"这一百八十一篇，写作从光绪戊戌到'文革'开始，前后长达六十八年。以四九年分界，前五十三年中周作人只写了四十二篇，如《结缘豆》《谈食鳖》诸篇，还'谈吃而意实不在吃'，于食物和食事之外，尽有使读者不得不深长思之的内容，远远不是'谈吃'所能范围的。而后一十七年中却写了一百三十九篇，尤其是从五零年起的两年半时间，他在《亦报·饭后随笔》专栏里就'谈'过一百一十四次'吃'，用他自己的话说是'为稻粱谋'即挣稿费维持生活……"钟老在《增订题记》中详细说明，知堂先生自一九五〇年起二十四个月内每周一篇文章的节奏，当"为稻粱谋"。

文内提及的港版《周作人晚年书信》，我家书架上收有一部。巧合的是，二〇一六年九月，我借做客长沙梅溪书院的机会，登赴念楼拜会钟老。钟老谈兴颇浓，一再拾起话头一再蔓延开去，时近中午，他似乎忘了时间，径自走进卧室，拿出周作人的《自己的园地》（晨报本）和《自己的园地》（北新本），一一指出里边篇目的不同，其中一页目录中有"茶话二十三篇"，即周作人谈吃。钟老说，三年困难时期，粮食短缺，周作人当时家里人口众多，妻子羽太信子身体不好，亏得香港的鲍耀明经常寄来日用品接济。

钟老所说的鲍耀明，便是《周作人晚年书信》的编著者。他当年从东京回到香港，任日本三井洋行香港分行副总经理，是一位文学爱好者，为杂志《热风》撰稿，因喜欢知堂的文章，通过曹聚仁引荐，与周作人开始长达六年的通信（一九六〇年三月到一九六六年五月）并快递包裹。《周作人晚年书信》前身是《周作人晚年手札一百封》（一九七二年五月香港太平洋图书公司出版），《周作人晚年书信》后于一九九七年十一月由香港真文化出版公司出版，比前者一百封多了若干倍，收入知堂写予鲍耀明信件三百九十四封（原为四百零二封，少收了八封）、鲍耀明去信三百四十六封，以及知堂日记八百四十八篇。鲍耀明在《编者前言》中提及知堂逝世后，得其子周丰一将他的去信寄还、借给他知堂日记（一九六〇年至一九六六年）编辑成书（这从另一层面证明了周丰一的授权）。封面仿古籍线装书设计，蓝底白字。此书当年出版后，坊间皆予好评。董桥先生称这部《周作人晚年书信》是研究周作人的大好史料，小思撰文言："周、鲍二人素无谋面，纯粹依靠文字作为媒介，牵连着相隔两地的忘年情谊……鲍先生花了许多功夫整理校正，不只是原件影印，其工序繁重，可以想像，如果不是个人信念支持，恐怕不易完成。"钟老位列获赠名单中，他回复鲍耀明："《晚年书信》收到了，这是极有价值的文献，得之甚为高兴，感谢不尽。"

七年后，《周作人晚年书信》改题为《周作人与鲍耀明通信集》，第一次在大陆出版，出版社为河南大学出版社（二〇〇四年）。然而，二〇〇五年四月二十七日《北京青年报》有题为《周作人亲属告出版社侵犯著作权》的新闻报道："认为在没有征得自己同意的情况下，河南大学出版社出版的图书中大量使用了周作人没有发表的原创作品，其图书又在国林风书店里销售，周作人

215

的十二名亲属以侵犯著作权为由将河南大学出版社和北京国林风图书有限公司告到了法院。"下文如何，网上搜索不到任何信息。后鲍耀明坦言，当时头脑很简单，以为周作人寄给他的信拿去发表没有什么问题。

这又回到了著作权、隐私权与文献研究价值之间的模糊边界。立场不同则看待问题的角度不同。作为喜欢知堂文章的读者，大都愿意抱着好奇的心态一窥当年鲍耀明寄给周作人的食品清单，这些则由书信一项项记录在册。六年间，月饼、鱼、赤味噌、蒲烧、罐头、猪油、砂糖、咖喱粉、虾米、松茸、奶粉、海胆、味精、糯米等生活必需品分别以周作人本人、妻子、儿媳、侄子等多人为收件人源源不断快递而来（据说当年规定海外邮寄物件，一个姓名一个月内只可收取包裹一次）。鲍耀明写信宽慰周作人，不要以为麻烦，寄包裹是很简单的事情。事实可能也如此。周作人便放宽了心，指定了一些内地买不到的东西，有一次在信中说："我不抽烟，我的儿子周丰一抽烟。"于是鲍寄了烟斗给他。一九六○年十月二十二日周写给鲍："七日寄出之福神渍，已于十五日到达，唯所寄月饼则迄无消息，似已付之浮沉，与前此数次之煎饼均已送给了税关的执事诸公矣。"于他而言，在这个举国饥荒的年月，月饼兹事体大。一九六二年二月二十五日写道："唯前此奉托令弟之栗馒头，如可能乞赐一盒，倘无铁木匣装寄便不能寄。荣太楼之'甘纳豆'及诸糖类亦甚好，但恐现在已来不及奉托了。"有人考证说周氏兄弟留学日本时，热爱夏目漱石，也热爱他所吃的点心，信中的栗馒头便是一例。二〇一六年四月九日鲍耀明驾鹤西去，作家李舒写了一文，提及日本藤村制的栗馒头，举证说当年是鲍耀明求助于作家谷崎润一郎从日本购得，又辗转至香港，再寄回北京，周作人本想献给病中的羽太信子，于一九六二年三月二十四日收到时，信子已病重，并于四月六日被送到北大医院急诊，隔天去世。

周作人平生未与鲍耀明相遇见面，他收到香港寄来的包裹，感念之余，给鲍耀明寄回了许多书画和信件，除了自己的手稿，还有他和胡适、徐志摩、钱玄同、刘半农等人的通信，以及大书法家沈尹默特地为他题写的"苦雨斋"横幅。甚至有一回收到稀罕的鱼，他欣然复信道："有一本书拟以奉赠，颇近于自己鼓吹，幸勿见笑，唯此版已难得，手头亦只余此一册矣。"别无他物，知堂老人唯有把手头仅存的孤版书当作满满心意献出了。

当年有人提醒鲍耀明，周是汉奸，对其寄来的东西要小心。不承想，如今周作人手稿书信在拍场在市面的价值，比起当年所收的食物包裹，不知涨溢了几千几万倍（这些物件鲍耀明后来捐赠给北京现代文学馆、鲁迅博物馆和香港中文大学）。鲍耀明对周作人完全是出于爱戴之心，直至九十岁还翻译了日本名著《东海道徒步旅行记》，只因当年周作人想翻译这本书却未与出版社谈拢。译毕六年后鲍去世，享年九十六岁，他算是完成了周作人的心愿。

此次中华书局修订版，钟老写了一个编者按："与鲍耀明书十一通，均据鲍氏所编《周作人晚年书信》，只节抄有关吃食的部分。"

二

信中节抄，当属文献而非文章。纵观知堂散文，各时期笔涉多地饮食，早期文集《雨天的书》有《故乡的野菜》《北京的茶食》《喝茶》等文，晚年作《知堂回想录》仍有专门章节《路上的吃食》，回忆乡下的荠菜与黄花麦果糕，茶馆里的豆腐干丝……有感而发也好，"为稻粱谋"也罢，放现在看，"仍然是大家的手笔"（钟叔河语）。

中华书局版中，细数了一下目录，关于茶的有十五篇之多，如《北京的茶食》《喝茶》《再论吃茶》《关于苦茶》《〈茶之书〉序》《吃茶》《盐茶》《煎茶》《吃茶（二）》《茶水》《茶饭》《茶汤》《吃茶（三）》《果子与茶食》《普茶料理》，茶确实是周作人日常生活中不可或少的一部分。一九三四年五十岁生日时，他"打油"了两首以喝茶为趣味的自寿诗，其一云："老去无端玩骨董，闲来随分种胡麻。旁人若问其中意，请到寒斋吃苦茶。"其二云："徒羡低头咬大蒜，未妨拍桌拾芝麻。谈狐说鬼寻常事，只欠工夫吃讲茶。"引得沈尹默、刘半农、林语堂、蔡元培、沈兼士、俞平伯等人相继和诗，可能"场面过于隆重"，以至于长兄鲁迅出面评说"群公相和，则多近于肉麻"。

打油归打油，究竟何为喝茶的理想状态？知堂曾以"于瓦屋纸窗之下，清泉绿茶，用素雅的陶瓷茶具，同二三人共饮，得半日之闲，可抵十年的尘梦"作答。梁实秋有文《忆岂明老人》，提及到周家吃茶："照例有一碗清茶献客，茶盘是日本式的，带盖的小小茶盅，小小的茶壶有一只藤子编的提梁，小巧而淡雅。永远是清茶，淡淡的青绿色，七分满。"似为佐证。

对于茶的喝法，知堂先生是有讲究的："中国人上茶馆去，左一碗右一碗的喝了半天，好像是刚从沙漠里回来的样子，颇合于我的喝茶的意思（听说闽粤有所谓吃工夫茶者自然也有道理），只可惜近来太是洋场化，失了本意，其结果成为饭馆子之流。只在乡村间还保存一点古风，惟是屋宇器具简陋万分，或者但可称为颇有喝茶之意，而未可许为已得喝茶之道也。"《茶汤》中，他写道："茶叶虽然起于六朝，唐人已很爱喝，但这还是一种奢饰品，不曾通行民间，我看《水浒传》没有写到吃茶或用茶招待人的，不过沿用茶这名称指那些饮料而已。"《北京的茶食》里，他则感慨："总觉得住在古老的京城里吃不到包含历史的精炼的或颓废的点心是一个很大的缺陷。"

按说，有吃茶的心境，世事皆成浮云。只是，"忤逆""失节""汉奸"之类的标签，让周作人无处可逃。鲍耀明信中问及此事，周答之："关于督办的事情，既非胁迫，亦非自动，当然是由日方发动，经过考虑就答应了，因为自己相信比较可靠，对于教育可以比别人出来，少一点反动的行为也！"

曾留学于日本并娶了日本太太的周氏，一味天真地停留于读书的那个年代，并未意识到时代变迁后自己在大节上的"糊涂"。不过，对于纸上文章的品鉴，他可就清醒得多。当年台湾出版李敖著《胡适评传》第一册（李计划写十册），鲍耀明信中请教，周回："……那位写胡适评传的李君年纪很轻，却从哪里得来这许多材料写那十册书，这是一个问题。第一册当然说他少时，大概不能出胡君的《四十自述》的范围，所以不看也罢了。"（一九六四年五月十三日）有意思的是，一九六二年一月胡适在给李敖的信中说："我至今还想设法搜全他（周作人）的著作，已搜集到十几本了；我盼望将来你可以帮助我搜集；我觉得他的著作比鲁迅的高明多了。"信没有写完，胡适去世了。

生活中周作人常以苦茶自况，曾有随笔集名为《苦茶随笔》，书斋则以"苦茶斋""苦雨斋"命名，苦雨与苦茶，阐释了人生境况之无奈与叹息。淡泊不争的钟叔河，颇以周作人为榜样，在长沙二十楼住宅门上，集知堂先生字立以"念楼"二字为其书斋名，一生笔耕不辍。

三

钟叔河说，知堂其实并不是一个讲究吃的人，他之所以喜欢这些文章，是因为"谈吃也好，听谈吃也好，

221

重要的并不在吃，而在于谈吃亦即对待现实之生活时的那种气质和风度"。"有此种气质和风度，则在无论怎样枯燥、匮乏以至窒息的境遇中，也可以生活，可吃，可弄吃，亦可谈吃，而且可以吃得或谈得津津有味也。"

是故，大饥荒年代，知堂先生寄信给鲍耀明："……今拟请赐寄一包虾米，见商店广告有两磅装邮包，觉得此比他种肉类为佳，因不至于一口吃完，可以长期供用也。此外则请择一个洋铁罐装的咖喱粉，请费心寄下，以备偶然得到'肉'时之用。"（一九六一年十月二十八日）裹腹之余，他还想着咖喱粉与肉之搭配，内心底那一份精致，愣是放不下。再则，"日前承友人见惠冬菰鸡罐头，则有鸡而无冬菰，且鸡亦无味，只有一种'罐头味'，殊不好吃，闻以前须售三元多，近已落价至一元零，其实连几角亦不值也"（一九六三年三月十四日）。肚子再饿，鸡无味的罐头，也不可随便瞎凑合的，这便是风度的原则。

二十世纪八十年代末钟叔河选编《知堂谈吃》时，选文九十四篇，另有六首"打油诗"，合起来是一百篇的整数。最早于一九九〇年由中国商业出版社出版，印五千册，定价三元九角，现孔夫子旧书网上，八五品相的该版本已卖到五十元。

二〇〇五年《知堂谈吃》转至山东画报出版社，平装，定价十六元。再版的依旧是一份情怀："尽管如今吃得更好更讲究，谈吃的也更多，'肚中虚实自家知'的却未必能有几个，写得出这样文章的就更少了。"（钟叔河语）

二〇一七年中华书局接力，三十二开本，精装，带护封，内封布面。钟老借周作人为孟心史作的一副挽联"野记偏多言外意，新诗应有井中函"为重新出发的依据，直呼："其然，岂其然乎！"

钟叔河编周作人的作品很多，《知堂谈吃》只是其中一本。早在一九八二年，他据香港三育版《知堂回想录》（一九七〇年初版）在湖南人民出版社出版《周作人回忆录》，此为一九四九年后大陆首次用周作人本名出版的作品，开启了出版知堂作品之先河。后钟叔河编周作人作品陆续出版：《自己的园地》《雨天的书》《泽泻集》《谈龙集》《谈虎集》《看云集》《永日集》《夜读抄》《苦茶随笔》《苦竹杂记》《风雨谈》《瓜豆集》《秉烛集》《艺术与生活》《欧洲文学史》《中国新文学的源流》《过去的生命》《知堂杂诗抄》《知堂书话》《知堂序跋》《知堂谈吃》《儿童杂事诗笺释》，以及《周作人文类编》《周作人散文全集》等等，坊间尊称为"钟编本"，以区别于其他编本。

书评人杨小洲曾撰文说："这些年对周作人著作整理出版献力最勤者，南有钟叔河，北为止庵。"

曾写《周作人传》的学者、作家止庵，编有《知堂回想录》《苦雨斋译丛》《周作人致松枝茂夫手札》《周作人自编文集》《周作人译文全集》《周作人晚期散文选》等系列作品。关于编书缘起，他曾写道："前面讲读周作人的作品，主要是钟叔河大致依照原来样子出的那些，当时只想当读者，无意自己动手。谁知出了十几本就不出了，而没面世的，恰恰平常不大容易见到。我曾去信询问，编者复函谈及新的思路，大致即如后来出的《周作人文类编》那样。"止庵觉得："这种编法未必可行。因为每一类别背后都是一门学问，须得深入理解，才能将一篇文章置于合适位置；作者写文章又往往是打通了的，很难归在某一类里；至于查找不易，尚属次要。我想还是重印作者自己当初编的集子为好，因为编时于篇目取舍、排列顺序自有安排；打乱重编，这点心思就看不到了。"后来他"整理出版《周作人自编文集》，乃是退回到钟先生原来的路数，将他当初做了一半的事情做完。其间承蒙他（钟叔河）提供《老虎桥杂诗》谷林抄本和《木片集》六十年代校样，这是要特别表示感谢的。

这两本书都是首次出版。"(《南方都市报》二〇〇八年四月）编的过程中，他还发现了周作人的佚著《近代欧洲文学史》，与友人戴大洪合作校注并出版。

南北之外，重要编者中还应该增加一位，即长期从事中国现代文学史研究的陈子善教授，他专门对名家散落各处的佚文下功夫，对张爱玲佚文贡献尤其大，也因此成了"张爱玲男朋友"（毛尖戏称）。他对周作人集外佚文也极尽收集整理之功，编成了"《知堂杂诗钞》、《知堂集外文·四九年以后》、《知堂集外文·亦报随笔》、《周作人集外文》（上下）、《饭后随笔》（上下）五书。另编有周氏译作《如梦记》和《闲话周作人》，统共七种九册"。如沿着毛尖的说法，陈教授又该是"周作人契弟或贤侄"（反正辈分全乱了）？

这些重磅的编本，各有各的特色，不过万变不离其宗——周作人文本。坊间书友也"萝卜白菜，各有所爱"，台湾作家傅月庵就说他最推崇岳麓书社的版本，喜其拙朴，握卷在手展阅，有一种陈旧苍老的感受，正合读知堂所怀的心意。

周作人于一九六七年五月六日病逝，至二〇一七年逝世五十年整。按著作权法，著作权保护期是自作品完成创作之日起，至作者逝后第五十年的十二月三十一日止。那么，二〇一八年周作人的作品进入公版期，可以随便出版了，只是，著名的编本，如钟叔河编本、陈子善编本、止庵编本，就不在此列，除非你也想自己编一套。

"看会写文章的人偶尔谈吃的文章，盖愚意亦只在从杯匕之间窥见一点前辈文人的风度和气质"，这是钟老编"吃"书的初衷——吃什么不重要，怎么编也不重要，重要的是书里书外人的风度和气质，也应了知堂老人那句话，"野记偏多言外意"。

后 记

　　《书人陆离》的序及书名诞生，非常有意思。这里讲几个故事。

一

　　黄子平老师微信说：

　　"《从张祯和拒写张爱玲台湾游记想到》标题的'张祯和'应为'王祯和'，内文没错。"

　　我窃喜，黄子平老师在看书稿了。

　　自从他接单写序后，我无数次想：黄老师会用什么"黄氏词汇"，比如"大头针"（在某年"深圳读书月"十大好书评选会上，他用"大头针"比喻当下文学创作——举目望去，满盘皆硌牙的大头针，"大头针"遂成了经典语录）之类的，形容这本小书？总之，一不小心，小

227

书人大造化，挤进了黄子平的当代文学评论里，小丑鸭也迎来了明晃晃的春天。

可当然甭指望从黄老师那里得到什么"客气""迂回""礼貌"的评价。想当年，《读书》杂志一时洛阳纸贵，钱理群、陈平原和黄子平貌似闲散的"小圈子"交谈，一下子改变了中国文学的百年定位，至今还影响着当代文学评论的研究格局和现代化叙事……再往前追溯，当年，北大中文系"77级"文学专业，黄老师的同学里有张鸣、葛兆光、陈建功、查建英、梁左、黄蓓佳……一批"牛"人，星光熠熠。随便举一两个例子，黄子平三个字便与历史牢牢挂上钩，具有"划时代"意义，谁还敢"裹挟"黄老师"有话好好说"？

在文学现场，黄老师总是拈花微笑，话语不多，一旦话音落地，必定掀起一场文学运动。在再谈"二十世纪中国文学"时，他轻轻一句："假如我从四届文代会的默哀名单开始写当代文学史，就会写成了一大批文艺家的死因调查报告，这是侦探小说的写法。可读性很高，做教材就不行，没法测验，拿它考研，北大、华师大都考不上。"手起刀落，针针见血。理解黄老师的理念，每一句、每一段都要不断咀嚼消化，举一反三。

《书人陆离》的命运会如何？黄老师已一眼揪出谬

错，之后未必坦途，内心先默诵三遍"阿弥陀佛"自我平复。

二

《书人陆离》，书名听起来颇有点六朝余韵秦淮金陵的味道。

坦白讲，我是想不出这样的书名的。"书人系列"从第四辑开始，就将每辑的序号放进书名里，如《书人肆记》《书人为伍》，到了第六本，应该起什么样的书名呢？

草拟了若干，都不甚理想。薛冰老师建议第六本名《书人陆离》，理由是，"陆"是"六"的意思，"陆离"又取自《淮南子·本经训》"五采争胜，流漫陆离"，形容色彩绚丽繁杂，取自《楚辞·九叹》"薜荔饰而陆离荐兮，鱼鳞衣而白蜺裳"，则指美玉。既与书中人物对象相对应，又与"书人系列"气质相契合。

就这么定了。

薛冰老师义气到底，一举贡献了书名，还义不容辞承担了作序的重任。我原本拟将他为《书人为伍》所写

229

的书评放到此处当序，可他看了书稿，说："王祯和、张辛欣、谢其章、黄裳、孙爱雪，感觉这些文字沉甸甸的，要细细品味。序文我要改，最后期限是哪天？"

总调侃薛冰老师，爱南京一往情深，字字句句为这座古城鼓与呼。现应当换成，帮后辈一如既往，点点滴滴为文化传承践与行。

是呵，薛冰老师人太好了，从应邀撰稿、接受采访，到在南京当地陪、导游……这些年总是我在"劳动"他。

三

王稼句老师作品多多，记得前年有人问他一共出了多少本书，他说写的、编的、点校的加起来应该有一百本左右。单二〇一七年一年，署名"王稼句"的新书就有五本：《夜航船上》《纵横姑苏》《人间花木》《坊间艺影》《吴门烟花》。

似乎稼句老师是为写而生的，可他更愿意为酒而活。文字下酒，于是偶傥风流。酒桌上，掉阖岁时旧闻故实，际会天地风云苍生。下笔时，古槐庭院，芳草池塘。

想起先锋书店聚会那天，"薛冰陈子善先生七十寿庆暨南北书话名家金陵雅集"几个大字出自稼句老师之手，不知是酒酣席后挥毫，还是案头书前所作。总之，笔墨浓淡间风月绝响。

便寻思着："书人系列"小六即将交付出版社，《书人陆离》的书名可否由稼句老师题写？短信发过去，嘀一声回复：定奉上。

真的，豪气。

四

那年，广西师范大学出版社本部冒出了一大批好书，打头的是吴稼祥的《公天下》。我囫囵一翻，尽管对"多中心治理"理念相当模糊，却感觉一股新气息，马上联系采访报道。后来发现，书的出版方带了一个品牌名称——"新民说"。

"新民说"的书越来越多，品质颇高，不免让人好奇幕后操刀的是何方神圣。

一次深圳聚会上，有李陀陀爷，还有欧阳江河。一圈人坐得满满的，一位青年才俊热血沸腾，侃侃而谈。才知道，他是"新民说"的创办人——范新。范新说，你们是第一家推荐《公天下》的报纸。

一下子眼神确认，同道密码正确。

范新在出版上颇具野心，开疆拓土，转战南北，并在深圳开辟了"新民说"新战场。因一直关注这个品牌，"书人系列"小六即将诞生时，便托付于"新民说"。能成为"新民说"的一员，是小六的荣光。

五

至此，小六《书人陆离》的书前书后交代完毕，回到书的主体——书继续沿袭前五本的白描风格，我手写我心。共两辑：辑一分两部分，第一部分因书及人，由书引发联想及其他，第二部分因人及书，一如既往从某个侧面素描我所熟识的兄长师友"普通人"的一面；辑二则集中写钟叔河先生所编的三套集子——《走向世界丛书》《儿童杂事诗笺释》《知堂谈吃》的前世今生。文章大多以写作对象的年龄排序。

最后，要感谢喜欢这本小书的书友，一张笑脸一记点赞都是我继续前行的动力。

姚峥华

戊戌夏至深圳